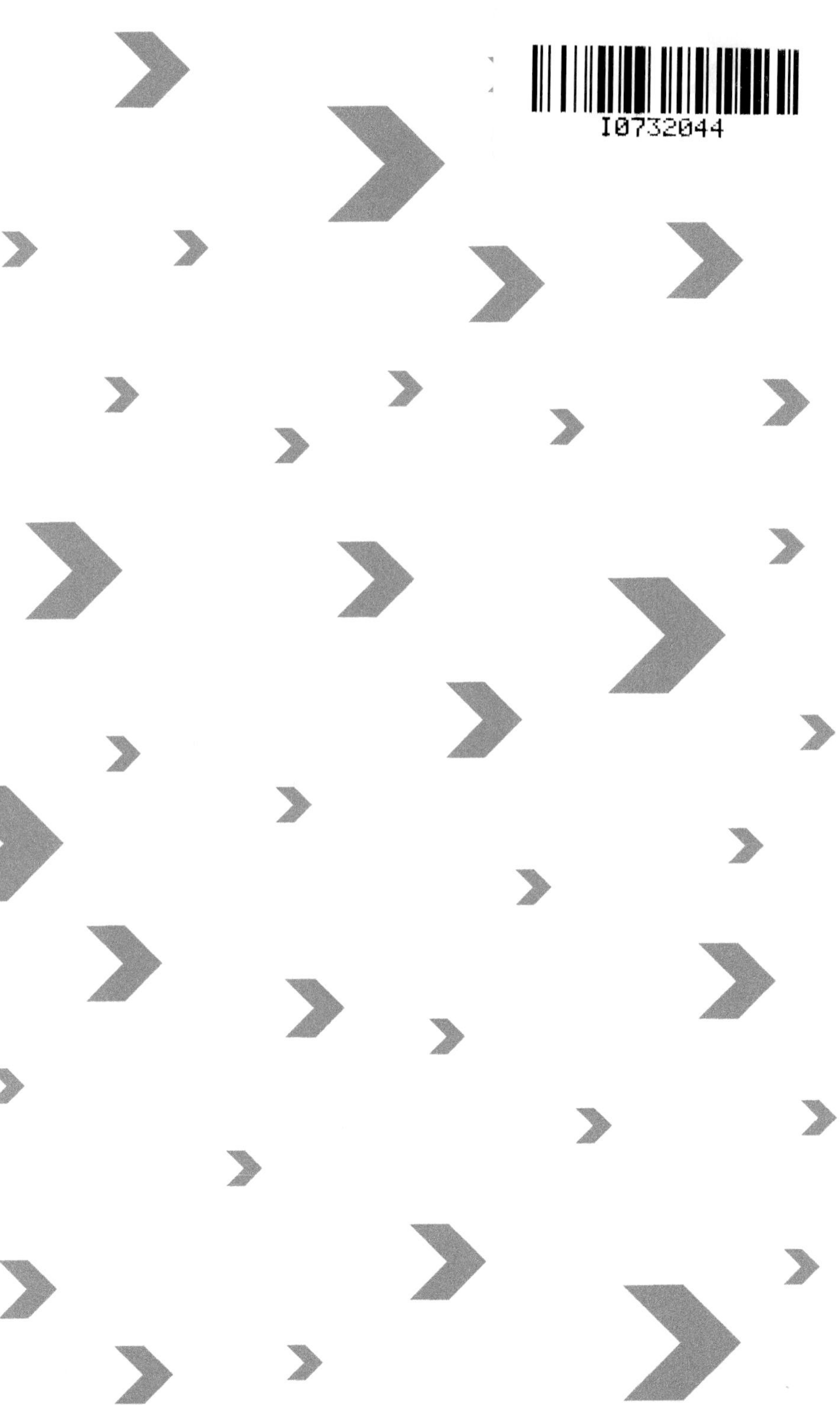

I0732044

Las cosas suceden

CARLOS ROBERTO MORÁN

COLECCIÓN
Literatura
de los confines

Las cosas suceden
Carlos Roberto Morán

Copyright © 2020 Carlos Roberto Morán
Publicado en Estados Unidos por Pro Latina Press
www.prolatinapress.com

Segunda edición, 2021

Editores: Patricia Severín y Maria Amelia Martin
Imagen de cubierta: Gerardo Morán
Diseño gráfico: Noelia Mellit y Álvaro Dorigo

Library of Congress Control Number: 2021949230

ISBN 978 17377458-4-6

Las cosas suceden

CARLOS ROBERTO MORÁN

Pro Latina Press

PALABRAVA

*Ciego a las culpas, el destino puede ser despiadado
con las mínimas distracciones.*

Jorge Luis Borges, El Sur

El perfil de Morena

I

Alcancé a ver el perfil de Morena en el diario de la mañana. La cuarta foto, abajo, la de los festejos por la inauguración del hotel. La toma, aunque un tanto difusa, me permitió encontrar de nuevo a Morena, con esa actitud arrogante que por lo visto no la había abandonado veinte años más tarde.

Cuando se visita un lugar por primera vez, con cierta expectativa y ansiedad, quedan marcas que la costumbre, la rutina, no terminan de diluir. Y así, cuando mucho después se vuelve a ese sitio se recuerdan con precisión sus particularidades, digamos la grieta, el camino irregular o un árbol añoso. Lo mismo con las ciudades, lo mismo con las personas.

Porque había visitado con expectativa y ansiedad ese *lugar* que para mí fue Morena (poco tiempo, gran entusiasmo), la recordaba con bastante precisión a pesar de los años pasados. Y más aún porque ella, de un día para el otro desapareció. Ocurren estas cosas. Alguien, sin avisar, decide clausurar una entrada particular y ese sitio especial en concreto de pronto deja de existir.

Morena no murió, pero para mí fue prácticamente igual porque de súbito se esfumó sin dejar rastros, como suele decirse. Veinte años más tarde *recuperaba* su perfil en una fotografía publicada en el diario, una recepción en el hotel cinco estrellas que terminaban de inaugurar. No estuve allí, no conozco a esa gente, pero no me extrañaba que en cambio Morena hubiera participado del festejo porque era lo propio de ella. Al fin, es imposible cambiar las señas de identidad más profundas.

Podía estar equivocado porque a la memoria le gusta confundir. Quizás se tratase de otra persona. Además, la fotografía, a pesar del color no entregaba con claridad la imagen de la mujer retratada (ella aparecía en un costado, casi saliéndose de la misma imagen). Pese a todo supe que era Morena y nadie más que ella, un poco más engrosado el cuerpo, el mismo porte, un similar corte de su pelo oscuro (que, pensándolo bien, ahora debía estar teñido).

Hasta ese momento me había resignado a lo que me tocó en suerte. Hablo, es evidente, de la lotería de la vida, premios menores y más castigos que cualquier otra cosa, pero era lo que me había correspondido y lo aceptaba. Ninguna electricidad, ninguna conmoción. Me dejaba estar y no había más para decir. Hasta el momento mismo en que, al abrir el diario, volví a ver a Morena.

Lo nuestro fue breve, clandestino y, para mí, tan especial como irrepetible. Después Morena se casó con el que tenía que ser y de ella dejé de tener noticias. Alguien me habló de la designación del marido como embajador (o algo así) y otro, tiempo después, me contó que creía que Morena se había divorciado. Sus parientes, los que quedaron acá, eran escasos y ajenos a mi vida. Por ser tan extraños su ámbito y el mío, ella aceptó la relación a cambio del silencio y de la anulación de cualquier futuro compartido. De entrada puso las condiciones, es decir que Morena fue quien estableció las reglas y yo acepté porque el deseo se imponía sobre todo lo demás.

Ocurrió lo que buscaba, pero tuvo mínima duración. *Ése era el acuerdo*, me lo recordó Morena, sin sentimentalismos, en la despedida. No me opuse, tratando de mostrarme con una pose mundana y autosuficiente, mentirosa también porque por dentro sentía amargura y desprecio por mí mismo. Y amor.

Y de Morena no supe más.

Por haberla visto en la fotografía volvieron los recuerdos y sentí el impulso de buscarla, pero de inmediato me refrené porque, por supuesto, era una actitud irreflexiva, negada por la realidad. Porque aún en el supuesto de que fuese Morena la del diario, me resultaría una mujer totalmente desconocida, veinte años no es un día. Casi como si viviéramos en dimensiones diferentes. Me había pasado con varias personas a las que, al reencontrarlas, no reconocí.

Persistía en mí un centro duro y angustiante que reiteradamente : me hacía pensar que, si yo era así hoy, quizás se debiera a aquello que pasó. O a lo que, más bien, no pasó con Morena y me decía que, si nos viéramos, podríamos lograr algo en común, que me sacara de la nada que era mi vida.

Porque se llega tarde a todas las cosas —me decía con grandes cuotas de autoengaño y exceso de palabras— al menos que una sola cobrara consistencia. Está bien, me concedí, hay que buscar a Morena, pero ¿cómo encontrarla? La trivialidad de las fotos de sociales hace que sean efímeras. La recepción había tenido lugar varios días atrás. Internet me permitió encontrar el archivo del diario y precisar la fecha: dos semanas exactas habían pasado desde el momento en que alguien había logrado corporizar de nuevo a Morena.

¿Alguien? Lógico: el fotógrafo del diario. Había descartado la alternativa de ir al hotel para preguntar por ella. A la inauguración concurrió mucha gente y si hubiera sido un personaje central habría aparecido varias veces. Supuse entonces que estuvo ahí casi de casualidad.

Si Morena no se encontraba sola mis intentos carecerían de sentido. Aunque en realidad eran mis propósitos los que carecían de sentido, pero no lo quise admitir, de manera que persistí en ellos. Al fotógrafo, especulé, podían haberle pedido copias. Suele ocurrir, un trabajito extra que nunca viene mal.

Decidí ser parco, porque no podía decirle a ese hombre desconocido para qué exactamente quería la foto. Él por su parte no hizo preguntas, salvo que intentó venderme la serie entera de las tomadas en el hotel. Opté por comprarle varias después de una aparente selección que de nada me sirvió porque en ninguna otra vi a Morena. A quien para mí continuaba siendo Morena.

Esa noche, con la copia en mi mano, me costó dormir. ¿Era o no Morena la mujer que aparecía de manera fugaz en una sola de las tomas? El mismo corte de pelo, un vestido claro, el perfil de una cartera. El perfil de ella misma, negándose a develar su verdad.

Recordé conversaciones con Morena, nuestro primer encuentro nervioso y apurado, el segundo, más calmo, con mayor comprensión de nuestros cuerpos, y algunos más. Igual, continuaba en el mismo lugar donde había empezado y eso significaba retroceder. Me sentía peor que antes de abrir el diario y haber visto el agasajo y la foto.

Haber visto de nuevo a Morena...

Quiero decir que antes estaba resignado a mi suerte y que había desistido de cualquier acción inaudita. Pero, de súbito, todo había cambiado para mí.

Me sentía un tanto perdido, sin saber qué hacer *nel mezzo del cammin*. Hasta que recordé al desagradable de Alfredo, el primo de Morena que continuaba viviendo en la ciudad. Para mí Alfredo era un incordio, abogado con estudio ubicado en el casco histórico, al sur, con secretarias de vidriera, auto flamante, viajes por el mundo, una vida de esas que brillan y que por brillar cuestan mucho porque hay que bruñirlas todo el tiempo. En el pasado cuando nos encontrábamos poco y nada nos decíamos porque, pensaba yo, él desconocía mi relación con Morena. Después dejamos de vernos.

Fue un viernes a la tarde, el otoño daba marco, un decrecimiento de las pasiones como suelen traer los atardeceres. Una ligera congoja, también. Toqué el portero eléctrico, antes de hacerme pasar debí identificarme, pedí por el doctor Martínez Prieto y tuve que esperar largo rato en un no demasiado mullido sillón. Silencio de sala de velatorios.

Llevaba la foto en un bolsillo. Quedé sorprendido al saber que el abogado me recordaba más de lo que hubiera imaginado. Me sentía imprecisamente mal, como si estuviera incubando una enfermedad. El despacho de Alfredo era pulcro y amplio, pero desde que ingresé en él sentí la opresión, como si el aire del lugar no fuera suficiente. No sabía de qué manera plantearle las cosas.

Sin embargo, él mismo abrió el fuego, volviéndome a sorprender: *Supongo que viene por Morena*.

¿Cómo lo supo? No le había mostrado ni hablado de la foto. Mi mirada debe haber dicho lo que no pude responder en palabras. Hizo un gesto con la mano, como si con ella quisiera barrer el presente.

Primos y confidentes, me aclaró. Ahora podía decírmelo: me había odiado. Sí, era un sentimiento excesivo y al mismo tiempo exacto. *No sabe cuánto debí insistir, meterme, obligarla, para que se olvidara de usted*, confesó. De ese modo vine a saber, tantos años después, cuando todo es imposible, que hubo mucho más que atracción física, que la irracional Morena (así la llamó) había llegado a amarme.

Quiero verla, dije, con una voz perentoria que no me reconocía.

Alfredo me miró con visible desconcierto, como si solo en ese momento yo terminara de llegar.

II

Desde aquí, desde este mismo lugar y a pocos pasos de donde me encuentro. Café y nada más porque acá no hay piedad para los pobres.

Allí, en ese mismo sofá, quince días atrás, carterita en la mano, pelo recién salido de la peluquería, una ropa que, debí haberme dado cuenta, ya no se usa: Morena.

Llamé varias veces a Alfredo por teléfono, pero en los últimos días no concurrió a su estudio. Al parecer no se encontraba bien.

Hay un silencio casi untuoso en este lugar excedido en sus luces y maderas relucientes, en la discreción de los mozos que apenas si se hacen sentir. A tres o cuatro metros de donde estoy sentado apareció en la foto apenas de refilón, un rostro que no dice nada, que no expresa nada.

Esa mujer persiste en la fotografía, pero sin nitidez, como ave de paso. No parece mirar a nada ni a nadie. ¿Se dirigía a mí, a Alfredo, a quién?

Blanca y aún sin manchas, resplandeciente a la luz del sol.

El mozo me observa a la distancia, atento por si lo llamo, pero evito hacerlo porque este es el mundo de los ricos, extraño para mí.

Quince días atrás el hotel fue inaugurado y aún persisten los detalles del festejo, una especie de *olor a nuevo* en todo, tan reluciente.

Un festejo. *Tuvimos muchos invitados*, me ha dicho el conserje quien no reconoce en la foto a la señora que apenas se ve. *No la recuerdo, lo siento.* Su discreción no le permite preguntar dónde obtuve la fotografía, tampoco por qué estoy allí, pero sus ojitos no me han perdido de vista desde que me instalé en el bar desde el que observo el lugar específico, a no más de tres metros, donde Morena estuvo. O pudo haber estado.

¿Qué quiere decir?, preguntó Alfredo con extrañeza y agregó un gesto que interpreté (mal) como de fastidio, aunque se trataba de otra cosa.

No le había mostrado la foto. Se la alcancé. Pálido, la miró largo rato.

¿Cuándo la sacaron?, preguntó, con voz cambiada.

Le conté lo de la fiesta, la inauguración del hotel, la publicación en el diario.

No, dijo por fin. *Lamentablemente no es, no pudo haber sido Morena. No pudo haber sido...*

Me dio explicaciones que me perturbaron y que, de verdad, no quise seguir escuchando. Me mostró algunos recortes. Necrológicas.

Cuando salí a la tarde otoñal estaba apenado y confundido, llevaba conmigo la foto del diario. La inútil foto. También me acompañaba la impresión de haber conocido a otro hombre, a un Alfredo cargado de dolor y de extrema sensibilidad.

Tomo el café. Blanca y aún sin manchas. No conoceré nunca esa lápida del cementerio de Mendoza, pero la imagino con nitidez, con esa nitidez nacida de las palabras dolidas de Alfredo.

Porque Morena murió, lejana, ajena, envejecida, en Mendoza, sola, el mismo día en que inauguraron el hotel. La misma noche en la que una mujer tan parecida a ella decidió inmortalizarse en una foto del común.

Alfredo me aseguró que no era Morena, pero su voz develaba inseguridad. No obstante, me devolvió la foto y me invitó a olvidar.

No sé para qué me encuentro acá, para qué este acto inútil. Morena, ella, tan vivaz, tan cargada de humor y simpatía, irónica, mordaz. La siento en este lugar, entre las paredes y la *boisserie*, las luces, los ascensores vidriados.

Alfredo ingresa al hotel, desconcertado como yo. Queda en un rincón observando lo mismo que yo, eso que busco y que me devolvería mi entidad.

Esa figura que veo o creo o quiero ver: el perfil de Morena.

Golpes en la puerta

A Mario Cuello, i.m.

Ya es abril, las hojas del otoño cubren el bosque como una densa alfombra mientras que, en la Rambla (el recuerdo nítido de la locura de Piria), los obreros, muy arriba, dan las puntadas finales al gran edificio de departamentos, presencia de lo nuevo y gigantesco que le sigue cambiando la cara, irremediablemente, a esta ciudad en la que me limito a permanecer.

He debido quedarme más allá de la temporada, de lo previsto en mi plan inicial de sol, playa, baile, fichas perdidas en el casino, alguna mujer relativamente fácil, y fácilmente olvidable. No ha sido una actitud premeditada sino, y al principio, la consecuencia de una inesperada racha favorable en el casino y, agrego y acepto, por Luisa, que me invitó a su casa para festejar el fin de año y que hasta me hizo brindar en su zapato a la hora de los fuegos artificiales.

Aunque la verdad es que no me he quedado por el casino ni por la mujer. Llamé a mi ciudad a comienzos de febrero y Jorge —que es de fiar— me habló de los cheques. *No volvás por un tiempo* —aconsejó—, *ya te avisaré cuando despeje.* Prometió girarme plata, lo que por suerte hizo y entonces pude dejar el hotelito e instalarme en la casita del bosque, a siete cuadras de la playa y frente a la provisión de la mujer que me inquieta porque me recibe con un caluroso *adiós* cada vez que entro a comprarle.

De pronto con Luisa no ocurrió nada más pese a que la busqué. Me pasó con ella lo mismo que con el casino y con mi demorada vuelta a casa: perdí la mano, resultó el final de la racha favorable. En realidad, el final del brillante espectáculo.

Cuando se fue el tropel de turistas y no quedaron ni las migas de los pobres (acá no tan pobres) jubilados, me mudé al bosque y en tanto Jorge, con una constancia que me llegó a sorprender, que —admito— yo no hubiera tenido con él, giró dinero al banco Pan de Azúcar, deuda que se acumula y que trataré de cancelar cuando la situación se arregle.

Si es que se arregla.

Por el momento estoy decidido a quedarme aquí y dejar que el tiempo pase sin ningún tipo de compromiso ni arriesgarme en nada. La casa es estrecha, de tanto en tanto la limpio sacando por arriba la acumulación de arena, tierra y hojitas y los papeles y los plásticos que voy tirando casi sin darme cuenta. Por lo demás, mate, cigarrillos, bife o asado, o queso y fiambre, diarios comprados en la Rambla que leo sin demasiado interés, todo muy previsible. Y ninguna mujer. Por el momento no me interesa, aunque es cierto que a veces la soledad se hace sentir como una tijera que corta el aire alrededor de uno.

Voy poco por la Rambla y, como debo economizar, me he prohibido la vuelta al casino, aunque muchas veces debo pelearle a la tentación.

La soledad parece aumentar en la noche, demora el sueño cuando escucho ruidos diversos que hacen sentir más delgadas a las paredes y eso permite que las voces ajenas lleguen hasta mí, como si me buscaran, como si me provocaran, aunque en sustancia nada me terminan diciendo.

He tenido un sueño pesado. En él aparecieron parientes muertos y yo me sentía muy intranquilo, en falta. En el sueño tenía mi actual edad. En cambio, y ante los ojos ajenos, era un chico que creaba problemas. Desperté cuando discutía con el tío, bajito e irritable, que a gritos me llamaba por un nombre distinto al mío.

Esta noche ha golpeado la puerta de calle un tipo confundido. *¡Gutiérrez!*, me dijo enojado cuando abrí, como si estuviera representando una obrita barata. *Perdone, se ha equivocado. ¿Con qué me viene, Gutiérrez?* Este es un loco, pensé. *Aquí alquilo señor, no sé quién es Gutiérrez.* Le cerré la puerta en la cara.

Pero antes de irse alcanzó a decirme, muy enojado: *Usted no puede actuar así, mire que Natalia...*, y la voz se le cortó, como si no hubiera podido seguir hablando. Lo vi marcharse espiándolo por la ventana, flaco, ligeramente rengo, muy abrigado. Subió a un escarabajo *Volkswagen* que le dio trabajo al arrancar. Felizmente se perdió camino a la Rambla.

Hago asado con leña porque aquí, me dijo la mujer de la provisión, es muy malo el carbón. Tan cercano y tan lejos de todo lo conocido, en las pequeñas cosas se ven las diferencias. De a poco, leyendo los diarios, escuchando la radio, voy entendiendo lo que pasa en el paisito y en cambio las noticias de enfrente van desdibujándose. A mi modo estoy repitiendo la vida de los exiliados quienes, sin dejar de sentirse condicionados por lo que han vivido, deben por fuerza cobrar una nueva identidad e incorporar usos y costumbres ajenos.

El tipo no ha vuelto. No conozco a ningún Gutiérrez y mi apellido no es español sino italiano, entiendo que viene de Irlanda. ¿Qué me estoy diciendo? Parezco buscar argumentos para convencer a ese loco.

Nada de lo que ocurre aquí tiene que ver conmigo. Vivo mi soledad, aprendo a comer pescado de mar y mantengo mis rarezas particulares porque es difícil cambiar a mi edad. ¿Gutiérrez? El flaquito, con sus canas y sus bigotes, me obliga a pensar en él y no me permite dormir tranquilo.

Como lo sospechaba, el tipo volvió: *Gutiérrez, usted debe escucharme.* Esta vez le cerré la puerta con cierta violencia y pese a que la golpeó en forma insistente y a que permaneció largo tiempo parado frente a la casita (lo espié por la ventana), llamando la atención de la dueña de la provisión, no lo atendí. Por fin abandonó el intento y subió al escarabajo sin dejar de mirar a la casa, como si aguardara algún cambio en mí. Algo que, por supuesto, no ocurrió.

¿Por qué me asedia, a qué se debe su error, qué busca de ese Gutiérrez con quien, evidentemente, me confunde? No tengo respuesta. Pongo a todo volumen la radio del Sodre, después me corro a la *Clarín* donde —infaltable— me espera Gardel. El botija me trae *El País*. Leo a medias el suplemento cultural, me trae noticias de un antiguo fervor que, como tantas otras cosas, hace tiempo perdí.

He ido aprendiendo nuevas maneras de nombrar a las cosas. Digo grifo por canilla, caldera por pava, churrasco por bife, palillos por broches. La yerba llega de Brasil refinada y sin palos como a mí no me gusta. Los libros y los diarios son más caros que en la otra orilla. Pocos parecen saber quiénes fueron Quiroga o Felisberto, lo único que se lee por aquí es a Benedetti y su poesía de póster.

Hay un cine, voy de tanto en tanto y ninguna película nueva me llega a interesar. Leo y en general me aburro. Nada importante pasa y esta espera me empieza a cansar.

Otra vez llueve, el mar debe estar enfurecido.

Serían las cinco, o un poco menos de las seis, todavía estaba oscuro, cuando me despabiló el motor de un auto que se detuvo frente a la casita. Demasiado temprano para ser un proveedor o un vecino. Por acá ya casi no quedan turistas y los montevideanos vienen sólo los fines de semana. Con tanta bambolla que hizo no sería un ladrón. Igual, lamenté no tener conmigo un arma. Espié por la ventana: clavado, el viejo.

Quedó parado ante la puerta sin decidirse a llamar, como si temiera encontrarse conmigo o verme enojado. Como si no supiera qué decirme. Nadie golpea en casas ajenas en plena madrugada si no es por razones urgentes, salvo que se trate de un asunto siniestro. De cualquier manera, no me preocupé porque el tipo con su físico no asustaba a nadie. Daba lástima, parecía enfermo.

Hasta que en un momento dado se decidió. Sacó papel y lápiz y escribió iluminándose con el farol de la esquina. Deslizó el papel bajo la puerta y casi corriendo volvió al coche. Otra vez el autito le dio trabajo, pero finalmente se marchó por la calle que lleva a la Rambla.

Esperé un rato por si regresaba. Como eso no ocurrió, prendí las luces y levanté el papelito. *Gutiérrez* —decía— *llámela a Natalia*. Añadía un número de Montevideo y remataba la misiva con un *urgente* escrito con mayúsculas y subrayado.

Era probable que esa Natalia (¿Natalia había dicho la primera vez?) y él mismo vivieran en Montevideo. Eso me explicaba por qué el tipo se aparecía sólo de tanto en tanto o por qué, siendo pocos los que estamos aquí, no lo vi en la Rambla o comprando en algún supermercado. Lo concreto era que el viejo hacía el viaje desde Montevideo para buscar a Gutiérrez. Supuse que ese Gutiérrez habría vivido en la casita.

Cuando abrió la provisión crucé para consultar a la dueña sobre el probable Gutiérrez. La mujer no pareció entender bien el sentido de mi pregunta, *vienen tantos turistas*, contestó ambiguamente mirándome con fijeza. Y esa fue toda su respuesta.

Busqué al taxista dueño de la casa alquilada para preguntarle en igual sentido (yo pagaba el alquiler a una inmobiliaria), pero no lo encontré en la parada. *Se fue a trabajar a Punta porque aquí no pasa nada*, me dijo uno de sus colegas que tomaba una Pilsen.

El viejo, el mensaje... nada de eso me concernía. Me cuidé bien de llamar al teléfono montevideano.

Suena el timbre de la casa. Sin ánimo, consciente de que del otro lado está el viejo, me resisto a atender. ¿Qué puedo decirle para convencerlo de su equivocación? Pese a todo, abro la puerta. Ahí está: cabello canoso, bigotes, manchas en los pequeños dientes.

Gutiérrez —me dice— *no vengo por mí, usted lo sabe bien, Natalia lo necesita, están las cuentas, está Tapia.* Casi solloza al hablar. No sé qué responderle.

Ahora, mientras me acompaño con el mate, repaso lo ocurrido por la tarde. *No soy Gutiérrez, convénzase*, intenté explicarle al viejo, *no soy el Gutiérrez que busca.* Le hablaba como si fuera una criatura a la que se le deben repetir las cosas. Sin darme cuenta elevé la voz. *No tiene necesidad de gritarme, Gutiérrez. Lo importante es que vaya a la pensión de la 18 de Julio, aclare las cosas con Tapia y pague esas deudas que la tienen enferma.*

Sin duda era un loco, únicamente atento a sus obsesiones. El tipo temblaba. *Ahora saca un fierro y me deja frito.* Debí haberlo denunciado a la policía. No lo hice, no me llevo bien con los tiras, desconfío de ellos y ellos suelen desconfiar de mí. Por eso y en cambio, me obligué a soportar su parloteo.

Me llamaba Gutiérrez todo el tiempo, siempre por el apellido. Hablaba de esa Natalia, de las cuentas, de la niña, de Tapia, otra vez de la pensión de la 18 de Julio, como si se hubiera subido a una calesita y no pudiera bajarse. Al parecer Gutiérrez abandonó a la mujer, a la hija, al empleo en teléfonos (*en la Antel*).

Se fue de repente —me dijo el viejo con tono de reproche— *tirándolo todo. Eso no es de hombre.* El cuerpo le tembló todavía más. Tosió. Unas lágrimas le surcaron la cara.

Gutiérrez, estoy viejo para estas cosas, no me obligue a volver. Pensé en hablarle con todo cuidado, aclarándole, si podía, su confusión. Pensé también en volverme a mi país para alejarme del tipo y sus historias, pero fue un pensamiento que no duró porque sabía que era imposible hacerlo: la cuestión de los cheques continuaba, me seguían buscando, como me contó Jorge al llamarlo esa tarde. El futuro para mí era una incógnita, no soy hombre de grandes planes, simplemente voy tomando lo que se me da.

No —me escuché decir—, *no tendrá que volver. Solucionaré todo. La llamaré a Nativida... Natalia esta misma noche.*

Gutiérrez, no me falle, dijo el viejo emocionado y sin agregar palabra subió a su *Volkswagen.*

Miré por largo rato el número escrito en el papel. Fui a la oficina de Antel, a una cuadra de la Rambla. Sin turistas la oficina era un verdadero bostezo, la cara misma del desierto. Pensaba en llamar a la tal Natalia y explicarme, hablarle del viejo, pedirle que le obligara a no volver más. Me veía diciéndole deberá cuidar a su padre, como entendí que lo era, anda muy confundido. Yo, que no sé qué hacer ni con mis cosas ni conmigo, intentaría aconsejarla.

El teléfono de Montevideo sonó largo rato, pero nadie atendió. *A mí me tocan todas,* me dije al salir de la cabina.

Hasta hoy el viejo no ha vuelto. Debe ser porque se cansó o porque confía en que cumpla con mi palabra, haciendo la llamada telefónica o *volviendo* a Montevideo. O podría deberse a la persistente lluvia que ha empezado a caer, con viento, con frío, que pone, si cabe, más triste y abandonada a esta ciudad que sólo brilla en el verano (y no todos los días). El hotel que da sobre la Rambla me resulta un castillo en el que pueden vivir los muertos. Y peor me impresiona la construcción aún no terminada que enfrenta al mar (al gran río, que por costumbre todos aquí llaman, llamamos, mar).

Esta vez se ha presentado la misma Natalia.

Golpeó con insistencia la puerta de calle (no hay timbre). *Gutiérrez* —dijo en voz alta— *abrime, soy Natalia.* La espié por la ventana del dormitorio: alta, pelo largo, morocha, ropa de abrigo casi masculina. La lluvia la mojaba y la hacía parecer enojada.

Natalia al fin y después de todo. Bien, era la concreta posibilidad de aclarar las cosas y que desaparecieran los malentendidos.

Le abrí.

Gutiérrez —me dijo después de darme con familiaridad un rápido beso cerca de la boca, olía bien— *como sabés no lo estoy haciendo tanto por mí, está la niña, están las cuentas, está Tapia.* Se sacó el tapado (tiene buen cuerpo, me sentí atraído por esa mujer), pasó a la cocina, con naturalidad, como si conociera la casa, buscó los fósforos, prendió un cigarrillo y después una hornalla. *Me voy a hacer un té*, dijo. Me lo comentó, no estaba pidiéndome permiso.

El equívoco duraba mucho y toda la historia terminaba siendo excesiva. Si se trataba de una trampa no lo estaban haciendo bien, pero, en todo caso, ¿qué podían sacarme? Recordé una película en la que a un tipo le pasan muchas cosas extrañas, llegaba a volverse casi loco, hasta pensar en el suicidio. Un segundo antes de hacerlo le aclaraban el misterio: había sido elegido protagonista de un programa de televisión, cámara sorpresa. En una de esas me habían preparado algo semejante.

Quizás el viejo estuviera perdido, pero yo a Natalia, a la que se hacía llamar Natalia, observándola (esperaba sus reacciones, antes que nada), la veía actuar de manera normal, cómoda en la casa, una mujer del común haciendo sus cosas sin complicaciones ni incoherencias.

Por supuesto que le desconfiaba y aguardaba a que hiciera su movimiento en falso porque en algún lugar empezaría a equivocarse, a revelar su juego y a mí, pensaba, me bastaría el menor detalle para darme cuenta.

La mujer, ahora, me llama Jaime (*yo, Gutiérrez, me llamo Jaime*, me dije, y eso me produjo una cierta tranquilidad, como si todo se hubiera colocado en su lugar). *Jaime, la niña está mal de nuevo, debí vender la pulsera, Tapia me ofreció más, no le llevé el apunte. No te enojes ¿tá?* Asiento como quien concede. Me he colocado cerca de ella, deliberadamente. Si saca un arma (pienso que esta mujer puede llegar a hacer cualquier cosa, da la sensación de ser impredecible), acaso pueda impedir que dispare. A mi lado puse una silla para defenderme.

Nada ocurre.

Ella ha continuado hablando de Yolanda, la niña. Que la escuela, que la enfermedad, que los remedios. Y sigue llamándome Jaime. Se muestra cómoda, confiada. Se ha servido el té (buscó el pocillo en el aparador, encontró la cucharita en el cajón, el té y el azúcar en la alacena, nada me ha pedido). La observo y en verdad la admiro y la deseo, confieso que la casa tiene un cambio, un aire distinto que Natalia le ha dado. La casa parece acomodarse a su cuerpo.

Tapia sigue molestando, tú sabés como es. Me lo cuenta sin énfasis, como quien se limita a informar. De pronto me siento fastidiado. Interrumpo sus palabras: *No sé qué quieren, qué buscan. No soy de acá.* Le muestro mis documentos que ella mira por arriba, sin alterarse.

Siempre supe que no eras uruguayo, ¿qué me querés decir? Se levanta, va sacándose la blusa, la pollera. *Tengo frío*, me dice al quedarse en corpiño y bombacha. *Mejor me voy a la cama.* Y endereza para el dormitorio.

Quedo aquí hecho un nudo, una pura transpiración.

He fumado mucho más de lo acostumbrado. No son las cuatro, la luz que prendí es la mínima. No quiero despertarla y tampoco hacer fácil el blanco si alguien intenta atacar desde afuera. *Acostate rápido que tengo frío*, me dijo, más bien me ordenó. A los segundos ya la abrazaba, ya gemía, ya se debatía en una lucha en la que reclamaba más y más de mí. Jadeaba, casi gritaba, me lastimaba la espalda, me insultaba: *Gutiérrez, hijo de puta*. Se agitó, apretó y gimió entre estertores, como si la hubiera matado.

Al rato dormía. En cambio, yo me sentía despierto como nunca, agotado, perplejo, como si de mí hubiera fluido toda la savia. Natalia nada dijo como para aclarar las cosas y a mi vez continuaba sin saber de qué se trataba, qué papel debía jugar. Lo único que comentó antes de dormir, como quien habla del tiempo, era que si no pagaba Tapia vendría a buscarme. No a mí, a Gutiérrez.

En tanto, yo continuaba como un ciego.

Pero en otro lugar, donde mandan la piel, los sudores, las emociones, estoy sabiendo que no puedo ya desprenderme de Natalia, que ella es lo que en verdad he buscado. Que Natalia es mi mujer. Lo descubrí en el instante culminante del coito, lo sé con más claridad ahora que no puedo dejar de fumar. Hasta mí llega, me da la sensación de que llega, la fuerza del mar. Cuando despierte supongo que vendrán las aclaraciones. Y deseo que Tapia sea solo un mal recuerdo.

Tapia, ese desconocido que odia a Gutiérrez. Que me odia a mí. *Gutiérrez, la niña, Gutiérrez, las cuentas, Gutiérrez, lo de Tapia*. Hermetismos, *iceberg* de historias que desconozco, que no me dicen nada.

Sé en cambio que debo retenerla a mi lado, impedirle que se vaya.

Hablo con exceso de sentimentalismo y cuento con una sola certeza: para ella soy Gutiérrez, soy un hijo de puta, pero soy su hombre. Y por eso estoy dispuesto a aceptar cualquier riesgo.

Escucho un ruido ligero, como producido por alguien que ha pisado una rama u otra cosa quebradiza provocando un rozamiento muy débil que me hace poner en guardia. De inmediato vuelve el silencio y únicamente sigo oyendo el sonido de los insectos.

No ha pasado ni un minuto y un nuevo ruido me sobresalta y no solo a mí sino también a los bichos que dejo de escuchar. Otra vez lamento no tener conmigo un arma. Son pasos, me digo, de alguien que no quiere ser sorprendido. ¿Será Tapia, será ese tipo imaginado o cierto que viene a cobrarse las viejas cuentas que nunca contraje?

Con extremo cuidado abro la puerta trasera. Noche y frío. Nadie. Natalia, supongo, duerme. Avanzo, la casa no tiene paredes linderas, tampoco plantas, da sencillamente a la calle. Camino entre yuyales y árboles oscuros que todo lo confunden. A unos metros, siempre sin ver a nadie, escucho pasos. Me detengo.

Debí haber salido con la cuchilla o la tijera de podar, pero ya no puedo retroceder. Si Tapia me está buscando (si busca a Gutiérrez) tengo que intentar que me encuentre lo más lejos posible de Natalia.

Me decido: dejo de buscarlo y en cambio haciendo fuertes

ruidos intento que me siga. Hay que alejarlo de la casa. Camino hacia la Rambla que Piria bautizó *de los argentinos* para atraer a los ricachones de Buenos Aires. No es mi caso, no soy rico, no soy nadie, no tengo nada salvo a esa mujer desconocida a la que estoy tratando de salvar, aunque no sepa si lo que siento son en verdad pasos o si los estoy imaginando.

Corro, porque si es Tapia supongo que habrá venido armado. Llego al edificio que construyen sobre la Rambla. El viento hace oscilar la enorme grúa suspendida en lo más alto. Siento a Tapia cada vez más cerca.

Me convenzo de que está armado y de que, a mí, Gutiérrez, no me perdonará. Que ha venido a matarme. Entro a la construcción en la que no hay nadie. Subo las escaleras sintiendo la cercanía del desconocido, la cercanía de Tapia.

Llego a la terraza agitado, cansado, el viento se hace sentir con mucha fuerza. Una situación se me aclara: a Tapia no le interesan las deudas y tampoco nada de mí, de Gutiérrez. Quiere liquidarme para quedarse con Natalia, pero no lo logrará, no se lo permitiré.

Entre penumbras me parece ver en la terraza una figura difusa, en el sector que da al mar. La oscuridad me impide asegurar mi visión, no puedo reconocerlo. Da igual, porque sé que es Tapia. Tapia en la pensión de la 18 de Julio abrazando a Natalia, yo mismo obligado a pedirle dinero. Yo mismo vuelto un esclavo de Tapia que se ha ido apoderando de mi vida. Ruge el mar. Me anima, me hace ir hacia mi presunto enemigo.

¡Tapia, soy yo, Gutiérrez!, grito al aire, a la noche, a la sombra que veo o imagino ver y entre el fuerte viento y la tempestad del mar me abalanzo sobre ella.

La película del Yuaseneger

—¿Y a vos te parece?

—Seguro...

—¿El Buicio?

—O el Torre. Dicen que es linda...

—¿Quién lo dice?

—Cualquiera lo dice... ¿Me pasás un faso?

—Sería bueno que te compraras los puchos, de tanto en tanto.

—Sería bueno, pero no tengo un peso, ni una moneda.

—Ya lo vas a tener.

—Ya lo vamos a tener. Espero.

—Uno siempre espera esas cosas.

—La que está buena es la Gladys...

—¿Y eso?

—Nada. Digo que está buena. Y digo que podría irme al Buicio, al Bulticio, al Torre, al Maimibich con la Gladys. No me vas a decir que no sería una buena idea.

—Una buena idea si ella te da bola.

—Cuando hay guita de por medio, las minas siempre te dan bola.

—Habla el maestro.

—Uno, que ya está grande, conoce.

—La verdad es que lo que tengo es hambre.

—Y yo sed. Me tomaría una cervecita.

—Mejor un café, acá hay mucho frío.

—Eso es lo que no entiendo de esta ciudad. Vos, por ejemplo, estás en el centro y te morís de calor. Pero te venís por acá y el frío te mata.

—Es por el agua.

—Sabido que es por el agua. Pero te mata, te agarrás una pulmonía doble y después no hay perro que te salve.

—Salvo que te cuide la Gladys.

—Mirá que la Gladys va a venir y te va a cuidar. ¿Qué, te va a poner la cataplasma?

—¿Cataplasma? ¿De qué hablás? Vos no sos más viejo porque no estudiaste.

—Lo que vendría bien sería un cafecito.

—Y un buen sanguchito de milanesa.

—Y cerveza.

—Ya dijiste lo de la cerveza.

—Es que tengo sed. Y para peor ni te podés mover de acá.

—Suerte que esta noche no hay luna.

—Es por eso mismo.

—Por eso mismo, ¿qué?

—Que estamos acá.

—No creo que la Gladys te dé bola, la verdad. Lo digo para que no te hagás la película.

—No soy de esos.

—Lo sé, pero por las dudas.

—¿Sabés qué? Un café con leche y tortitas negras. Me lo zamparía ahora mismo.

—Me está doliendo la espalda.

—A mí también, pero trato de no acordarme, de no darle pelota.

—Estoy bastante cansado. Vos sabés que me levantaron a las cinco.

—A mí a las seis. El Felipe.

—¿Y quién otro podría ser?

—Al principio no tuve ningún interés.

—Yo tampoco.

—Pero no se le puede decir que no al doctor.

—No, uno no se le puede negar. Pero yo también pensé en otra cosa, quiero decir que pensé en el Buicio, en la arena finita que tienen los brasileños de merda. Y también pensé en la Gladys.

—Y para mí que si le mostrás todos los billetes juntos agarra viaje.

—Anoche me vi la película del Yuaseneger.

—¿Fuiste al cine?

—En la tele la vi.

—Y, ¿qué tal?

—¡Un fenómeno! El tipo se los amasijaba a todos.

—A mí me gustaría ser así, grandote como el Yuaseneger.

—Sí, grandote. Porque fiero ya sos.

—Yo ni digo quince días, una semanita. Tiene que haber casino. La mayor parte se muere de hambre, pero los otros viven como un bacán. Así que casino tiene que haber. Una semanita. No es mucho pedir, después de todo.

—De tanto en tanto hay que darle gusto al cuerpo.

—No digo que deba ser la Gladys, no sé si me entendés. Puede ser la Beatriz, puede ser la Maruca, puede ser la Nuriaespér.

—A esa no la tengo vista.

—La Nuriaespér, una vez la vi en la tele, pero hace diez mil años, ahora debe estar embalsamada. Digo, un decir, no tiene que ser la Gladys, la Gladys misma. ¿Vos conocés el Buicio?

—Y la torre Ifél. ¿De dónde? Pero ahora vos y yo podemos pensar en esas cosas. La vida es así.

—¿Cómo?

—Que cambia. De golpe. Yo, si vos me decías ayer, pero te digo ayer mismo, te digo ayer a la noche misma, que íbamos a estar ahora acá, hablando de estas cosas...

—Como dos señores...

—Eso, como el doctor Trapino, ni te lo creía, te hubiera dicho dejá el vino. ¿Y si te cuento que estaba pensando, justo anoche? Me quedé no sé hasta qué hora despierto pensando, pensando en de dónde, en cómo y no sabía, no encontraba nada, ¿entendés?

—Un cafecito porque frío, lo que se dice frío, aquí te entra por todos lados.

—Mirá, lo mejor, me parece que lo mejor, es que no fumemos.

—¿Por?

—Por la luz. Vos, de lejos, ves la luz.

—¿Y qué hay si te ven?, aquí no va a ver problemas.

—¿Estás seguro?

—A veces pienso que no sos más salame porque no estudiaste.

—¿Por?

—Decime una cosa: ¿Quién te fue a buscar?

—El Felipe.

—¿Y de parte de quién?

— Del doctor Trap...

—¿Entonces?

—Un cafecito. O mejor un café con leche con medias lunas.

¿Sabés qué? A lo mejor no voy ni al Buicio ni a Maimibich ni nada eso y me compro el auto.

—Al tordo Trapi no le gusta que despúes uno ande por ahí, faroleando.

—Pero vi un autito, reluciente, rojo el guacho, como me gustan.

—¿Y te va a alcanzar?

—Seguro. Bah, no sé, pero creo que me voy a acercar.

—Así que no te vas al Buicio.

—Y por ahí sí, la playa tira. Y una mina como la Gladys tira también.

—Lo que me está tirando, me está matando, es la espalda.

—No se puede estar tanto tiempo sentado.

—Uno no entiende.

—¿Qué?

—Cómo va el tipo y se la hace fiera al tordo.

—Es de no creer.

—O un matecito. También, te digo, tendría que meterle unos arreglos a la casa que ni te cuento. Pero si uno se pone en esa...

—Y los pibes que te piden, que te piden. Pero si uno se pone a pensar en todo...

—No va con la Gladys al Buicio.

—Tal cual.

—Lo malo es que después te agarra el cansancio.

—Si eso fuera problema. Pero vas y te metés en la cama y decís que nadie te joda y ya está.

—Pero en la casa los pibes no te dejan dormir. El Emilio me juega a la pelota todo el santo día.

—Yo en la casa mando yo. Porque soy el que pongo la guita. Y el que pone la guita manda. Perdoná, pero no te hacés respetar.

—Estaba como loco el Yuaseneger. Unos tipos le habían robado la nena.

—¿La mina de él?

—No, la hijita, una nena chica. Como loco, casi les tira la bomba atómica, con eso te digo todo.

—Así tiene que haberse puesto el tordo Trapi.

—Sí, de esa forma.

—Tendría que haber traído la otra campera.

—¿Cuál?

—La azul. Está vieja, pero es más abrigada.

—Aquí tendrían que hacer reparos. Porque la costanera es linda cuando el calor, no lo voy a negar porque no soy gil, pero ahora, cuando hay invierno, no tenés lugar donde esconderte.

—¿Y vos decís que no van a decir nada?

—¿Quiénes?

—Digo, vienen, nos ven, y pueden preguntar.

—Vos naciste ayer, ayer tipo siete de la tarde y todavía seguís abombado. No vienen, no ven, no preguntan, quedate tranquilo, fumate el cigarrito. ¿Vos fuiste al Buicio?

—Un día fuimos al Torre, que está en el culo del mundo, salimos de acá y nos demoramos un toco así para llegar. Linda playa, lindos culos, la joda es que estos brasileros cuando hablan rápido no hay soto que le entienda nada. La arena es finita. Y nunca te llueve.

—No es como Mar del Plata.

—No, nada que ver. Por eso te digo lo de la Gladys.

—Vos andás caliente con ella.

—Es que te pasa, te dice cosas todo el tiempo. Es provocadora.

—Sabe que podemos tener plata grande en cualquier momento.

—¿Ella lo conoce al tordo?

—A lo mejor sabe que andamos con él.

—¿Te parece que va a venir?

—¿Por qué no va a venir?

—Lo que vi que me gustó un montón son unas botas. Me las voy y me las compro.

—Vos, si seguís así, te me vas a comprar la Casa Rosada con el presidente adentro.

—Si fuera la Gladys. O la Nuriaespér.

—Seguí jodiendo con la Gladys que la Marta te va a reventar a trompadas.

—Yo te digo, hoy mismo, no digo nada, agarro dos o tres cositas y chau, hasta el otro carnaval. Me tiene podrido.

—Además en el barrio hay un olor a bosta que no se aguanta.

—Y además para qué te vas a quedar. No te podés quedar ahí si estás forrado. Se enteran y te la dan.

—Unos bollitos. Acá, a tres cuadras, hay una panadería.

—Podíamos ir.

—También podíamos ir en cohete a la luna.

—Pero serían unos minutos, no más.

—Y después, si lo perdemos, vos se lo explicás al tordo y él te va a dar seguro la medalla de Porcel.

—Vos sos más viejo que la calesita. La medalla de Porcel. Nadie se acuerda de la medalla de Porcel. Era una risa cuando el gordo te ponía el dedo en el pecho y hacía como que te daba una medalla por la boludez que habías hecho.

—La tele no es la de antes.

— Nada es lo de antes.

—Por eso digo que sería lindo irse a la mierda con la Gladys.

—Me voy, me compro el auto rojo, me compro las botas, hasta una campera nueva y más abrigada que esta tela de cebolla y la agarro a la Gladys y nos mandamos para el Buicio o para el Maimibich.

—¿Vos tenés pasaporte?

—¿Qué?

—Que si tenés pasaporte.

—No, no creo. ¿El documento decís?

—Dejalo. Te lo digo ahora: sin el pasaporte no podés irte al Miamibich.

—Mirá vos.

—¿No irá para otro lado?

—No. Seguro que no.

—¿Cómo lo sabés?

—¿Y quién nos fue a buscar?

—El Felipe.

—¿Y?

—Y sí, el Felipe lo que te da es seguridad. Eso no se puede discutir.

—Tendríamos que habernos traído el termito. Te tomás un mate, te tomás un café y no te dormís.

—A mí me está agarrando un apolillo.

—Tenés que estar despierto.

—Contame la película.

—La del Yuaseneger. Esa sí que era buena.

—¿Vos cuántos años le das?

—¿Al Yuaseneger?

—Al tipo...

—Y, qué sé yo, treinta y siete, treinta y ocho. Por ahí.

—Parece flaco.

—Vos, tranquilo.

—¿Por?

—Porque te la veo venir. Es un fideo, no te preocupés. Al Yuaseneger le habían robado la hija. Se puso loco, quería matar a todo el mundo. Va y se roba un montón de armas. Y la mete en el baile a una negrita que no entiende un pomo.

—Las mujeres nunca entienden un pomo.

—Tiene que ser, un suponer, por diez palos.

—Más, mucho más.

—¿Cien palos?

—Un montón. Un montón, date cuenta. Mirá lo que nos dijo el Felipe.

—El Felipe no dijo ni mierda.

—Pero estás hablando del Buicio y de la Gladys.

—Esa es la verdad.

—Y vos ves que el Yuaseneger se los mata a todos. En un yopin agarra a un petiso y a unos canas y después la mete en el baile a una negrita que es una joda.

—¿Tanto, vos decís?

—Un montón, un tocazo.

—¿Y vos lo conocés?

—¿Al Yuaseneger?

—Al tipo.

—A lo mejor. Uno conoce tanta gente.

—Me agarro el auto rojo ¿y sabés donde me voy? A la costa, a la Necochea, a la Mar del Plata.

—¿Solo?

—Con la Gladys, boludo.

—¿Qué le viste a la Gladys?

—¿Vos le viste el culo a la Gladys? Una vez bailé con ella y todo y no se puede creer.

—¿Será ese?

—No, es un gordo.

—Entonces vos lo conocés.

—Uno conoce tanta gente.

—Y a lo mejor me voy al Jolivú y lo conozco al Yuaseneger.

—¿Será grande el toco?

—¿El del Yuaseneger?

—Hacete el vivo, vos. Hablo del tipo.

—Tiene que ser más grande que la torre Ifél.

—Y el tipo tiene que ser un loco.

—Yo nunca me metería con el tordo.

—¿Vos lo viste enojado?

—Mirá lo que te digo: nunca le fallés. Él me lo dijo, me llamó un día, era una tarde de mierda, un calor que ni se podía aguantar.

—¿Y qué te dijo?

—Me miró como te mira él, fiero y derecho, y va y me dice vos conmigo nunca vas a tener un problema, pero no me fallés.

—Así como lo contás parece de la película del Yuaseneger.

—Loco estaba el tipo.

—¿Qué tipo?

—El Yuaseneger. Cuando se entera que le robaron la piba, va, agarra chiquicientas armas, hace un quilombo bárbaro y me los mata a todos. Había uno de bigotitos que era más malo que la mierda, pero también lo hace puré.

—¿El parecido al tordo?

—El mismo.

—¿Y vos sabés por qué está tan enojado?

—Por el toco ¿por qué va a ser?

—¿Y no habrá una mina en el medio?

—Puede ser. Todo puede ser. Pero uno no pregunta. Cuando viene el Felipe y te dice ¿qué vas a hacer? ¿Vas a preguntar?

—Lo que jode es el frío.

—A mí la espalda me está volviendo loco.

—Tengo ganas de ir a la cancha.

—¿Para qué vas a ir, para amargarte la vida?

—Te amargás, es cierto, pero tira. Además, trajeron al uruguayo y vos sabés que ese juega bien.

—A lo mejor voy.

—¿No habrá problemas?

—¿Qué problema?

—Y... Es esta tarde...

—Vos te rompés la cabeza por boludeces, te lo digo. Esta tarde, ahora, mañana. ¿Y no sos vos el que querés irte al Buicio, al Torre, al Miamibich?

—Al Jolivú para conocer al Yuaseneger.

—¿Y vos vas a ir y le das la mano y le decís viejo mucho gusto yo soy el muchacho argentino que quiere saludarte y darte besitos?

—La que va a querer darle besitos es la Gladys.

—Mirá que el Yuaseneger les va a dar bola a ustedes, haceme el favor.

—¿Y por qué no? ¿Es de oro el señor? Si es más fiero que la mierda. ¿Por qué no me va a dar bola? Si uno no tiene que ser doctor para que te atiendan. Sin ir más lejos a mí me da bola el tordo, fijate vos.

—Eso es distinto.

—El toco y la mina.

—¿Qué decís?

—Que tiene que ser que el tipo se quedó con guita y con alguna mujer.

—¿Vos le conocés minas al Trapi?

—Y, conocer uno conoce, pero también se calla la boca.

—Hablando de callarse...

—¿Viene?

—Me parece...

—No es tan flaco.

—No. Pero es.

—¿Seguro?

—Metele pata.

—Lo tengo.

—¿Esa te trajiste? Va a hacer un ruido bárbaro.

—Da lo mismo.

—Metele pata.

—Lo tengo.

—¿Ya está?

—Limpito.

—Justo. Más justo imposible, te lo digo.

—Rajemos de acá.

—¿Viene alguien?

—¿Quién te va a venir esta noche y por acá?

—La Gladys, sin ir más lejos. ¿Te imaginás el quilombo que hubiera hecho?

—Doblá en la esquina.

—Pero acá no, nadie dice nada. Ni prendieron ni una luz.

—Yo a la Gladys le tengo unas ganas.

—¿Por qué no te la llevás al Buicio o al Torre, o Mardel, sin ir más lejos?

—Ahora plata vamos a tener.

—Sí.

—Porque el Felipe no es de macanear.

—Metele pata.

—Así que problemas no va a haber.

—¿Qué problema? Si esa cuando hay guita se prende. Se prende en todas.

—Doblá acá.

—Bajá la velocidad, ya está bien.

—¿Vos estás seguro?

—¿Si era el tipo?

—No, que el Yuaseneger no me va a dar bola si lo busco en el Jolivú.

La materia hierve su cólera cerrada

El carnicero va y corta la carne. Corta la carne. Se embadurna de sangre, de vísceras, le tira un hueso al perro. Corta la carne, mira a la mujer joven que está en el otro mostrador, que controla la plata, que no lo mira. Corta, corta la carne, se llena de sangre.

Pese al frío existente ahora mismo se muere de calor, las gotas de sudor le bañan el cuerpo de una costra amarga, ácida, que ahoga el local. *Tengan cuidado*, les ha dicho el dueño, corta, mira al chico que en el televisor corre entre la vegetación dispersa, lo ve caer, quiere que se caiga, ¿cómo no le pega el cana? Con el mazo que le pegue, él le pegaría a ese chico rotoso, miserable, asqueroso, que roba la vaca, todos roban las vacas en los caminos, todos se apoderan, todos ponen piedras, ponen mierda a los camiones para que resbalen y se caigan y se les caigan las vacas. Eso pasa. El chico, el chico de la tele. Corta la carne.

Corta, cortar en dos a la bizca que no deja de hablar, al de las botas que se queja del barro, se queja porque le da un corte que no había pedido, corta, quisiera cortar en trizas a este que llega, que duda, que si corazón o hígado, que no tiene ni plata para comprar nada bueno, la cajera se ríe, se ríe con todos menos con él, corta, troza, destroza, separa, abre, la abriría en dos, no piensa, no se dice, la chica se ríe. *Tengan cuidado.* El carnicero corta la carne.

Serrucha, llueve, troza con el hacha el hueso duro, se acumula el barro, el chico resbala en medio de la lluvia en el centro del televisor, mejor, que se rompa la crisma, quisiera agarrar a la cajera, tirarla sobre el mostrador, cortarla en dos, en tres, en cuatro, con la sierra eléctrica que sesga el hueso hasta el final, hasta que no se ría más.

Se llena de sangre. Se muere de calor, se muere de frío, troza, corta, destroza la carne, zac, se escucha, ¡zac! ¡Se escucha! Trash, corta la carne. La bizca quiere bifes, el de las botas quiere lomo, el otro que ni plata tiene pregunta por el puchero, la chica se ríe, el televisor a todo volumen, llueve afuera, llueve su lluvia ácida. Corta la carne.

Corta la carne. Son las ocho. Corta la carne. Son las diez. Corta la carne. Ya es mediodía y el carnicero corta la carne, discute con el que trae los cortes, con el que no le pagó con cambio justo, con el que quiere ahora mismo cerdo, carne de cerdo. *Chancho no hay,* contesta, gruñe, escupe, corta la carne a las tres de la tarde, a las seis casi se cae, ha sentido un vahído, se aferra a la cuchilla ensangrentada, corta la carne, zac, trash, pac, pom, tritón, ¡corta la carne! La cajera se ríe con todos menos con él, son las ocho. El carnicero siente piedras en las piernas, a duras penas puede guardar la carne, salir del mostrador, gruñe como despedida, aunque quisiera, cómo quisiera, que fuera distinto, la chica ríe, con otro, a otro, siempre le sonríe a otro. Lo reciben el mal tiempo, la lluvia, la brutal humedad. En sus pensamientos el carnicero troza a la chica, corta la carne. *Miren para todos lados, con esos negros tengan cuidado,* les advirtió el dueño.

El carnicero retorna al día siguiente temprano, enfriado, bajo un cielo plomizo, enemigo, atontado por el sueño, por el vino que tomó, por las pesadillas que lo amarraron a un palo que iba bogando por un mar embravecido, llega con dolor de cabeza y con dolores en los pies que suben por su columna vertebral, llega la cajera que no lo saluda, nunca lo hace, ella se pone el guardapolvos, él se coloca el delantal manchado de sangre, de grasa, de cosas podridas, saca los cortes de la heladera, comienza a cortar. El carnicero corta la carne. Corta. ¡Corta la carne!

Ha dejado de llover y el agua persistente ha sido reemplazada por un viento frío que envuelve los pies y las piernas del carnicero que va sintiendo cómo el hielo se le enrosca y aprieta, enrosca, aprieta, mientras corta la carne. Vuelve embarrado el de las botas porque afuera está todo sucio, pringoso. No es calle de tierra, pero sí hay veredas rotas, o colocadas solo hasta la mitad de la acera y por eso el resto se ha vuelto légamo, charcos de aguas servidas, hojas sueltas y pegadizas, pedazos de papel adheridos, plásticos, elementos en descomposición, y sobre ellos ha pisado, ha hollado, el de las botas que ingresa sonriéndole a la chica, hablando en voz alta, reclamando ya mismo el corte para el asadito. El carnicero afila la cuchilla, chas, chas, y mirándolo sin mirarlo o mirándolo del todo, le corta la carne.

La corta, la serrucha, la hace pasar por la sierra que, zum, sesga el hueso, saca chispas con su rueda incesante, ahora mismo pondría ahí al tipo de las botas para que termine con su charla insustancial, ahora mismo. Corta el hueso hasta el tuétano, recorta, la chica se ríe en voz alta, el de las botas le lanza una mirada cómplice. *Tengan mucho cuidado, no dejen de observar a los que entran*, recomendó el dueño. Entra la bizca, la chica se ríe más, hace chistes la chica, hace muecas la chica, chica chicanera, corta la chica, corta la carne. ¡El carnicero corta la chica la carne al de las botas al de las bolas! ¡Corta la carne!

Son las tres de la tarde en un paisaje mustio. Alguien dice eso, desmayado de amor, canta el tango por la radio. Los pies son un hielo prieto, apretado, que no le responden. Cuelga pedazos de carnaza, cuelga huesos, cuelga colgajos de carne, cuelga su cansancio, cuelga la sonrisa de la chica puta, cuelga la pelea putísima que tuvo con el dueño de la casa, que tuvo con el tipo de los fiambres, que no pudo tener con el patrón que llegó ayer, congestionado, a controlarlo todo, a decirles que se fijen hasta debajo de las baldosas, cuelga la fetidez de su cuerpo y de su ropa, su gordura. Lo cuelga al que no tiene plata y que compra su pucherito. ¡Compra su puchero la puta madre!

Grito en el silencio. El patrón los reunió, llovía, todo llovía, la lluvia se colaba en la conversación que no fue tal, porque el patrón habló y ellos debieron callar: *Yo puse este negocio, me jugué, empeñé la plata, la palabra, la familia y ahora vienen y reclaman como si fuera de ellos, no piden, como si fuera de ellos, no piden los hijo de puta, ¿vieron por la tele lo de las vacas, cómo las robaban, cómo las carneaban en el camino como si fueran de ellos? No dejen entrar a los sucios, cagados, cargados de rencor, les pago y ustedes no me rinden, vacas al matadero, este negocio de porquería no me produce, si sigo así mejor no sigo, trabajen más, hablen menos, hagan algo, pidan que vengan los vecinos, golpeen puerta por puerta, mátense, si no adiós, si no los reviento contra la pared. No vayan a querer dar nada gratis, a ninguno, y si vienen y quieren entrar y fuerzan la entrada mátenlos, como a vacas mátenlos. Si ellos entran ustedes dos pierden*, les dijo el dueño. Con la cabeza gacha, confundidos, estropeados, debieron limitarse a escuchar.

Ahora, al cortar la carne, porque el carnicero corta la carne, hace rechinar los huesos, libra la batalla del espanto, piensa en el patrón y en su purulenta cara, la tiene ante él: los bigotitos, la gordura de su cara inflada, el pelo suelto y algo calvo, la camisa que se le sale de la cintura, piensa en su diente sesgado, piensa, lo corta, lo taladra, lo secciona, le corta la lengua, la lengua que espantosamente le aseguraba el despido próximo, trabajen más, ¡trabajen más! Más dinero, más para mí, casi nada para ustedes. Tengan cuidado, putísimo cuidado. Corta la carne.

Corta a la chica que vuelve a reírse con el joven que se ha aparecido, que termina de aparecer, que se llama Raúl, *decime Raúl*, al que la chica le vende la yerba, el azúcar, le vende la mermelada, *es riquísima, yo la probé, comprala que no te vas a arrepentir*, ni se conocen y se tutean, ni se conocen y la esperará a la salida, *salgo a las ocho*, ni se conocen y se encaman, la chica se baja los pantalones, se abre la blusa, se saca el corpiño, lo mira con gusto, le sonríe abierta, putísima, abierta, abierta. Corta la chica, corta en la sierra eléctrica al tipo que tiene su pelambrera, su campera enorme, la gran moto esperándolos en la puerta, Raúl, que Raúl. Lo corta de punta a punta a Raúl.

Mátenlos, como a perros, como a las vacas, dijo el dueño, les ordenó dejándoles el revólver, avisen a la cana, aunque la puta policía nunca está cuando puta se la necesita, mátenlos a los que quieren todo como si fueran los dueños, yo soy el único dueño y aquí no los quiero ver. *Si no los echás te sacan las cosas, te rompen todo, tírenles a la cabeza, total ya están todos podridos.* El carnicero corta la carne, piensa en los negros, no vendrán a sacarme el puesto, no vendrán, piensa en el revólver. No quiere pensar, corta la carne.

El carnicero siente agarrotados los músculos cuando sale al frío desolado de la calle donde no hay nadie salvo las patrullas policiales que pasan aullando, han roto el faro de la esquina y el colectivo no aparece, no aparece nada, ni un auto ni una moto ni una bicicleta. Cuando al fin, con cansancio y el miedo acumulado, sube al ómnibus destartalado que se bambolea de un lado al otro, observa de refilón a la gente reunida en la plaza, gente junto al fueguito improvisado y con carteles, gente que quema cubiertas, gente que ni habla. El colectivo zigzaguea, toma por una calle lateral, el carnicero mira a la policía que cuida el lugar, con sus porras cuida el lugar, con los cascos, con los caballos, con las lanzas y los machetes y los arcabuces. Piensa en el revólver. Mentalmente corta la carne.

Otro día más. Frío, temprano, ni un cliente. Cuida el negocio, se cansa, se le nubla la vista, piensa en la chica, se le achinan los ojos, piensa en el Raúl, en la mujer que ahora llega apurada porque quiere comprar dicen, dice, que todo va a aumentar, que no va a haber nada, desaparecerán las cosas en el aire, no lo dice, él lo piensa, se lo dice, corta, corta el hueso, hace los cortes para que coman las milanesas y coman los bifes, para que coman no sé qué van a comer si no tienen ni una moneda, corta, escucha, no responde, garúa, dice la radio riéndose de él, porque afuera en efecto recomenzó la lenta lluvia con sus púas. Sucio el cristal, no alcanza a ver lo que pasa afuera, escucha a lo lejos un rumor que corta el colectivo, circulando a toda marcha con su puerta cerrada.

Corta la carne, cuelga la carnaza, mira esos movimientos extraños, nuevos, en la calle, silencio, de pronto el sonido de un bombo, de pronto la explosión de un petardo, el carnicero corta la carne, afila la cuchilla, afila el hacha, pone en marcha la sierra quebrantahuesos, corta, zas, sesga, zas, mutila, ¡zas!, el olor a humo de cubierta quemada, *tengan cuidado, en el medio de los ojos métanles el chumbo*, ordenó el patrón. Se escucha un grito, la cajera enmudece, no sonríe ni dice Raúl, afila la cuchilla, el carnicero la afila, ¡la afila a la cuchilla que vengan guachitos! ¡Que vengan de a uno, de a mil los guanaquis! Se escucha la detonación de una bomba de estruendo y de inmediato el sonido de la sirena policial, se escuchan otros gritos. La chica tiembla en un rincón. El carnicero queda firme, piernas abiertas, esperando. Afila con la chaira la cuchilla. ¡Shuff! Corta la carne el carnicero.

Se acerca el tropel, se lo percibe, se siente su aliento amargo. Bajo el mostrador tiene el arma. El carnicero, tenso, corta la carne. Mira a la muchacha vuelta un nudo en el rincón. Se escucha el avance rumoroso, las zapatillas, las chancletas, el vocerío, las bombas, aumentan el olor a humo, las sirenas, gritan sin que les entienda, aunque parecen decir, reclamar, clamar, carne, carne, carne, ¡carne! El carnicero suspende la tarea, deja la cuchilla, busca el arma, la amartilla.

Un chumbo entre los ojos.

Un chumbo, que no avancen, no es de ellos, nunca será de ellos les dijo el patrón ausente. Avanza el griterío, el chusmerío, gritan, aúllan más que el aullido pampa de las sirenas policiales, el carnicero pone el arma cerca y de inmediato va y corta la carne. Corta la carne. Se cubre de sangre, de vísceras, de entrañas. Corta la carne, mira a la mujer joven que está en el otro mostrador, que tiembla, que no lo mira. Corta, corta la carne, se carga de sangre.

Avanza el grito unánime, el griterío, imposible, avanza y se acerca al negocio, *ni uno*, les dijo el dueño, *ni uno solo acá adentro*, exigió el dueño. Cuando irrumpen, porque irrumpen, rompen la puerta que está cerrada, clamando, aparece la cara del chico que parece el del televisor, el que se llevaba el pedazo de vaca. Detrás de él llegan los gritos, ruidos de cosas rotas, aullidos, el humo de la quemazón que cubre el ambiente.

El carnicero deja la cuchilla, deja la chaira, detiene la máquina y apunta con el revólver. Apunta con el odio intenso al dueño de la casa, al frío, al patrón, al Raúl, al de las botas, la bizca, el que no tiene plata, la chica que no le sonríe, que nunca lo hará. Aparece la cara del chico, apunta.

Bien el chumbo en el centro de los ojos, dijo el patrón.

Apunta, escucha la risa de la chica que no le sonríe, que tiembla, apunta y cree que dispara y la chica que grita y a la que ve, imagina, bañada en sangre, mocos, mugre.

Después le apunta al chico. Y de inmediato, el odio intenso al dueño de la casa, al patrón, al frío, al mundo que lo parió se apunta a sí mismo, y tira bien tirado. Bien el chumbo en el centro de sus ojos.

Algo así como un gen

Algo así como un gen, entendió que le dijo el doctor Norea sin mirarlo, hablando entre dientes, como avergonzado.

No puede hacernos esto.

Adelfo estaba irreconocible, exaltado, con lágrimas en los ojos. Para no hablar de Nadia, con su pelo lacio y se podría decir sucio, que no se podía decir porque era igual que insultarla. En todo caso la veía pálida, demacrada. Desconocida.

A sus ochenta y tres años era poco lo que podía hacer, casi nada. Salvo *eso*. Salvo exactamente lo del gen. Lo similar al gen que Norea le confirmó después de habérsele hecho los estudios que se le hicieron. Y los análisis, y todas esas humillaciones que se padecen en los sanatorios, las clínicas, donde cada uno es reducido a una cama y a las diferentes violencias de los médicos y las enfermeras.

Cuando llamó a Juan y se enteró de que hacía tres años Juan había dejado de ser definitivamente Juan, tomo conciencia de que en la práctica carecía de interlocutores. O, en todo caso, de interlocutores de su edad. Razón por la que subió hasta el último piso adonde lo llevó el ascensor del edificio municipal y después siguió hasta dar con la puerta que conducía a la terraza, a la soledad gris de la amplia terraza bañada de sol y de viento. Y desde allí, sin dejar la menor carta ni el más mínimo mensaje, se arrojó al vacío.

Sintió la violencia del esfuerzo y casi no sintió nada más hasta el golpe estrepitoso en la calle, que si bien empezó con un espantoso dolor en el brazo se volvió luego un sueño del sueño que terminó en un hospital público, con el brazo enyesado, el frasco de suero conectado a su otro brazo esquelético y el reto inevitable del médico que le dijo, cuando pudo finalmente comprender, que lo habían logrado salvar en el último instante, con la última intentona. Y de inmediato el pedido —que era una orden— de que no lo intentara más, *abuelo*, y el tuteo, y todo lo que vino después para hacerlo sentir hundido en su irresponsabilidad.

Era inútil, no lo comprenderían, por lo que decidió aislarse, contestar lo mínimo, hacerse el distraído al punto de aparentar una leve idiotez, muy vinculada a la senilidad que dada su edad bien que podía padecer. Hasta que cansados y, más que eso, sorprendidos al comprobar que los signos vitales volvían a él en tropel, en poquísimo tiempo, le dieron el alta.

La próxima vez, se dijo, no debo fallar. A nadie le debía explicaciones y a ninguno se las dio. Entendía que estaban los papeles en regla, el nicho asegurado, las herencias convenientemente aclaradas y repartidas.

La próxima vez fue el veneno. No tuvo necesidad de hacer ninguna compra secreta en lugar clandestino, sino que encontró una cantidad y una variedad sorprendentes en la sección jardinería del interminable supermercado. Una extensísima oferta de sistemas eficaces y legales para la muerte segura e inmediata de bichos de toda clase, desde hormigas a elefantes. Lo bueno de los supermercados gigantes es que las empleadas están tan estropeadas y cansadas que no hacen preguntas. Compró algunas bagatelas de más para no llamar la atención y trasladó las cosas hasta su auto estacionado en el estacionamiento del amplio y multinacional negocio sin el menor sentimiento de culpa, a pesar de que con lo que llevaba podría empezar su propia guerra mundial.

Ya en la cocina de su casa vertió gotas y abrió cápsulas, rayó aparente comida y tabletas de distinto tamaño sin tomar en ningún momento la menor precaución. Entreveró esa cosa horrible y sin duda nauseosa con helados comprados previamente y de a poco fue engullendo la masa fría, con asco y ni el menor reproche.

Tuvo pesadillas, descomposturas diversas, lo acompañaron el delirio, la viscosidad y el hedor, pero luego de varias horas de terror logró arribar a orillas de la normalidad con su cuerpo enflaquecido y temblequeando, pero básicamente sano. A tal punto que a los dos o tres días pudo salir a la calle a hacer gestiones, a volver a vivir su vida.

Cada tanto, Adelfo lo visitaba. En cada visita su sobrino le comentaba que *andaba cerca* y que aprovechaba para ver si su querido tío no necesitaba nada. Él se limitaba a negar y a convidarle con un té, porque a Adelfo el té le repelía. Al final, como un comentario adicional, coda final y casi a punto de ser olvidada, el sobrino le decía que terminaba de darse cuenta de que había salido con poco dinero y por eso le pedía una ayuda circunstancial para salir del apuro. *Mañana vengo y te lo devuelvo*, aseguraba y mientras guardaba los billetes agregaba comentarios sobre el estado de salud de su tío que buscaban ser jocosos y estimulantes pero que terminaban siendo, siempre, desoladores.

Menos que Adelfo, pero igual Nadia lo visitaba, de pasada, para comprobar que *no le faltara nada* y, especialmente, que cada cosa a heredar continuara en su sitio. Que ninguna intrusa se hubiera aprovechado del tío, que al parecer era considerablemente tonto, rotundamente ingenuo y muy capaz de dejarse arrastrar por cualquier mujer especuladora. Por suerte estaba ella, su querida sobrina, para controlar el orden en la casa. Y, de paso, puro altruismo, la salud de su tío.

¿No tendrías que ir al médico?, aconsejaba su sobrina, preocupada por su salud. No lo creía, aunque cada tanto la prudencia —y no llevado por los consejos de su angustiada sobrina— lo hacía visitar al médico clínico. Que no era otro que el doctor Norea, a quien habitualmente lo asombraba, eran sus palabras, su lozanía, *así, en general*, la prontitud de sus reflejos y hasta el hecho de que su piel no estuviera tan arrugada como la alta edad que ostentaba casi le obligaba a tener.

En fin, decía el médico al término de cada consulta, rascándose la cabeza, y le recetaba complejos vitamínicos y semejantes que tomaba cuando se acordaba de ellos. Es decir, casi nunca.

Después de comprobar, como si hiciera falta, que nada había cambiado lo intentó por tercera vez: por la avenida de circunvalación que permitía tanto el ingreso como el egreso de la ciudad marchaban los camiones que trasladaban mercaderías de todo orden, camiones enormes, hasta prepotentes. Debió buscarlos allí porque esos vehículos no podían circular por el ejido urbano. Eran muchos, hasta demasiados, por lo que podía elegir con amplia libertad. Optó por el amarillo con estrellas que parecía ocupar todo el ancho de la calzada y no bien se le aproximó se plantó frente a él sin dar tiempo al conductor para que frenara y evitara el choque, que fue brutal y terrible. Para él, porque el camionero no lo vio y por lo tanto siguió su marcha, tan campante.

Quienes sí advirtieron el choque y lo que se interpretó inicialmente habría sido un verdadero descuartizamiento, fueron los empleados del corredor quienes estupefactos pudieron ver en las pantallas de control al anciano quien, sin aspavientos, pero tampoco sin hacer señas, sencillamente daba sus pasos mortales hacia el centro de la calzada mientras el camión amarillo avanzaba hacia él, inexorable.

Debieron cortar el tránsito, llamar a las ambulancias, trataron de ubicar al camionero feliz del camión amarillo, convocaron a médicos y paramédicos, a la prensa oral, escrita y, sobre todo, televisiva, y los primeros que llegaron al lugar del accidente esperando encontrarse con el espectáculo dantesco de un cuerpo triturado y de las vísceras desparramadas se hallaron ante un anciano considerablemente entero aunque nuevamente quebrado, eso sí, que los esperaba con ligera sonrisa sentado en el pavimento, mientras los camioneros y los conductores de los restantes vehículos hacían desvíos y generaban accidentes tratando de evitarlo.

Es imposible, dijo el doctor Norea cuando, horas más tarde, le fue comunicada la novedad. No era imposible la evidente actitud suicida, a nadie le había pasado desapercibida su intención cuando se arrojó desde el edificio municipal, lo que resultaba imposible era su sobrevivencia. Sin embargo, ahí estaba, en su clínica, esperándolo con el brazo izquierdo nuevamente enyesado, pero lúcido al punto de hacerles ingenuas bromas a las enfermeras que lo reconocían como persistente paciente.

Norea realizó una apurada y un tanto apesadumbrada interconsulta, también reservada porque sentía que el hombre de la semisonrisa y las bromas blancas de cierta manera le estaba tomando el pelo.

Sí, como una broma. Norea se veía descolocado. *Déjenmelo a mí*, pareció decir luego de haberlo revisado por enésima vez. Dispuso que se le practicaran cuanto estudio fuera factible sin hacerle el menor comentario ni, menos, pidiéndole autorización. *Rutina*, le contestó sin aclararle nada luego de que protestara por tanto ir y venir, tanto verse sometido a máquinas enormes y silenciosas que parecían auscultarlo, controlarlo, mientras le extraían sangre y realizaban otros menesteres aún más desdichados.

En un momento dado comprendió que se encontraba aislado del resto del sanatorio y también que estaba recibiendo demasiadas y sospechosas visitas. En efecto, a la habitación donde estaba solo, salvo que se considerara compañía la multiplicidad de aparatos conectados a su cuerpo, fueron ingresando silenciosos personajes que hablaban entre sí, lo auscultaban de una u otra manera y después de observarlo largamente, como quien contempla a una exótica especie, se retiraban tal como habían entrado, esto es enmudecidos y sombríos.

Le practicaron nuevos estudios e incluso de noche, cuando ya se habían retirado las visitas y el sanatorio estaba descansando, fue trasladado a otros centros de salud donde resultó sometido a diferentes y complejas máquinas, colocado en tubos que parecían anticipar el nicho definitivo. Sus protestas no servían de nada porque cuando más lo hacía era inyectado, llevado al sueño, obligado a dormir. Como después se despertaba atontado (y a veces descentrado, desconcertado al punto de no recordar con claridad dónde se encontraba), optó por mostrarse sereno y complaciente. A lo mejor terminaban develándole el misterio.

Pero nada le dijeron y en cambio continuaron estudiándolo. Los desconocidos prosiguieron con las visitas, hasta que en determinado momento lo dejaron solo. Las enfermeras eran generalmente las mismas, mujeres grandes que se manifestaban reticentes a contestar sus preguntas y que demostraban mucho apuro para atenderlo, pero también para permanecer el menor tiempo posible en su habitación, como si fuera un sátiro que pudiera atacarlas y destruirlas.

En los días que siguieron comprobó que las rutinas de atención a su persona se iban reduciendo y que de a poco le iban quitando los diversos conductos que lo conectaban a las máquinas. Cada tanto, también sin hablarle, lo visitaba Norea para tomarle la presión y medirle la temperatura. Le auscultaba los ojos y lo hacía toser, aspirar y exhalar, y después lo dejaba, como quien abandona algo sin valor en el altillo.

Hasta que una de esas noches Norea lo auscultó en silencio y después, siempre sin hablar, se sentó en un extremo de la cama y quedó mirándolo un largo rato. Y luego, como quien quiebra un juramento, demostrando con sus gestos y los visajes mutantes del rostro a cuánta presión estaba sometido, le dijo aquello de que se parecía a un gen.

Es algo así como un gen, repitió Norea.

Sí, *algo así como un gen*, entendió que le dijo el doctor Norea sin mirarlo a los ojos, hablando entre dientes, como avergonzado.

A las pocas horas, como dándole órdenes, dirigiéndose a él con una evidente reticencia que se parecía al temor, una enfermera lo conminó (hay otras palabras más suaves, pero la que corresponde es esa, tan autoritaria) a vestirse, a marcharse del sanatorio. Marcha, mancha, claro que se sentía manchado mientras caminaba hacia la salida del tanatorio, es decir sanatorio, observado como lo era por todos. La imagen del leproso de la Edad Media con la campanita colgada al cuello.

Buscó un poco de tranquilidad en la casa, ya que la comprensión estaba ausente. ¿Qué pasaba, qué le pasaba? Nadie le había dado explicaciones sobre el extraño comportamiento que habían tenido.

Tuvo el comienzo de la respuesta con la irrupción violenta del sobrino en la casa mientras gritaba que él, su tío por el que tanto se había preocupado *toda la vida*, por el que casi no dormía ni comía, no podía hacerles eso.

Eso que me tiene preso, decía una vieja canción. ¿A qué aludiría, con *eso*?

Adelfo, que había dejado de tutearlo, repetía *usted—no—puede—hacernos—esto* y lo señalaba con el dedo índice que parecía haberle crecido. Y él, que sentía una culpa difusa, confusa, porque ignoraba qué había causado o qué era lo que en ese mismo momento estaba provocando, no supo qué contestarle, cómo calmar a la fiera que se había apoderado de la casa.

Fiera, tigre que de pronto se convirtió en gatito por comparación cuando la que irrumpió en la vivienda fue Nadia vuelta basilisco.

Que no tenía derecho, que toda una vida, que luego de tanto tiempo, tanta espera, estamos envejeciendo, decía Nadia, clamaban los primos, mírenos, ya no lo tuteaban y parecían a punto de contraer la rabia. Y él se sentía tan inocente como culpable, aunque no terminaba de saber bien por qué. Salvo que, como le había dicho Norea, tenía *eso*.

Y no tanto como si fuera un gen, sino como si fuera un mal, una peste contagiosa. *Lo peor*, dijo el sobrino, sollozaba y él se preguntaba a qué se debería tanta angustia, es *que no podemos matarte.*

Lo bueno era que había vuelto a tutearlo. Lo malo fue lo que dijo. No eran palabras para decir, estaba mal. Él, al menos, tomó conciencia de esa situación, por lo que decidió que había soportado demasiadas molestias y que los reproches resultaban excesivos.

Váyanse, dijo. Primero en voz muy baja pero después, al repetir la palabra que era una orden, fue subiendo de tono, hasta que terminó siendo un grito que no solo sorprendió a sus sobrinos, sino que a él mismo casi lo alarmó. Intentó calmarse: *Váyanse*, insistió luego de pasados unos segundos y con la voz más firme que se podía permitir y esta vez sin gritar.

En realidad, le hablaba a Adelfo, porque de Nadia había dejado de tener noticias en los últimos minutos. Mal para él, porque le daba la espalda y entonces no pudo ver la pala alzada, sostenida por Nadia y precipitándose sobre su cabeza.

Dolor interminable, sonido de huesos rotos y la dulce paz del cementerio.

Una manera de decir, porque no hubo cementerio para él dado que despertó a medias cuando aún seguía tirado en el piso. Casi inconscientemente estuvo a punto de hacer el movimiento de tocarse la cabeza, que le dolía con intensidad, en el momento en que se interpusieron las voces exaltadas de Adelfo y Nadia. Se gritaban, acusaban e insultaban. Haciendo un esfuerzo resolvió continuar tirado en el piso y sin moverse para que creyeran que seguía desmayado. O que —¡por fin!— estaba muerto.

Este tipo..., oyó que decía Nadia. *Se te fue la mano*, oyó que decía Adelfo. Al parecer habían decidido dejar de gritar después que ella le preguntó *¿y ahora qué hacemos? Lo reventaste*, dijo Adelfo e hizo referencia a la sangre que había corrido significativamente por el parqué.

Continuó con los ojos cerrados y sin moverse. *Algo tenemos que hacer*, insistió la prima. Adelfo vacilaba. *Al menos* —dijo Nadia— *el médico se equivocó*.

—¡Pero lo mataste!, se exasperó Adelfo.

—Digamos —corrigió Nadia— que hemos solucionado un problema. Ahora debemos ser inteligentes y decidir cómo lo presentamos ante el mundo.

Esperó sin moverse, aún a riesgo de que lo sorprendieran, aún a riesgo del entumecimiento y los calambres, tirado en el piso, de donde al parecer sus queridos sobrinos no se animaban a moverlo. Algo debería ocurrir y cuando pasara decidiría cómo comportarse. Tenía un as en la manga: estaba vivo, lúcido, con moverse la situación cambiaría sustancialmente, pero debía ser muy prudente. Solo, con los dos, se hallaba en inferioridad de condiciones.

No eran brillantes. La torpeza de los jóvenes no tan jóvenes obraba a su favor. Una rápida acción terrorista, tipo meterlo en un pozo o tirarlo al río atado con cuarenta sogas, les permitiría encontrar la santa paz que tanto ansiaban.

Lo malo era que necesitaba respirar mejor, por retener el aire más de lo conveniente comenzaban a dolerle los pulmones. Y ellos creían que estaba muerto. Se habían convencido mutuamente, era una actitud infantil, claro está, pero qué no lo estaba siendo luego de la explosión de rencor y más aún después del brutal golpe que Nadia le terminaba de asestar. Sentían aprensión y una sensación de culpa, por eso no se acercaban a lo que creían era un cadáver. Por suerte para él los primos abandonaron la habitación, lo que le dio una pequeña ventaja.

Pero por poco tiempo. La pérdida de sangre lo había debilitado y, aparte, sentía sus músculos adormecidos. Los escuchó discutir, de nuevo, en la cocina, de manera que se dijo ahora o nunca y levantándose con dificultades y un mareo acentuado logró ponerse de pie y buscar, como buscó, esconderse en el dormitorio.

Ah, cómo se movía el mundo, cómo vacilaban sus piernas. Sin embargo, con esfuerzos y tesón, tratando de olvidarse de los dolores del cuerpo, pudo llegar al placar, abrirlo y meterse en su amplio interior, temiendo que las naftalinas y las ropas pesadas del invierno lo hicieran estornudar. Logró sentarse y antes de darse cuenta de que estaba decididamente agotado se durmió.

Fue despertado por nuevos gritos y golpes. Continuaba aturdido, débil, muerto de hambre y, lo comprobó, mojado. Sintió asco de sí mismo y de la situación que padecía a causa del *eso*. Con pavor, iba comprendiendo de qué se trataba. Los primos se estaban peleando a los gritos, sin duda por su culpa, asustados porque el tío había desaparecido, ensangrentado, a lo mejor ahora mismo llegaba la policía, como proclamaba Adelfo.

Si se fijaban bien, en el piso había manchitas de sangre que llevaban al placar, pero cuando la gente enloquece no atina a hacer las cosas con corrección. Luego los primos, sintiéndose de antemano acosados y encontrados culpables, perdieron la compostura, continuaron acusándose mutuamente y, previsible, llegaron a la agresión física. Adelfo era más fuerte, pero Nadia sabía pegar en los flancos más débiles y era escurridiza, más dedicada a la gimnasia que su primo.

Había corrido la puerta del placar, una mínima luz, y desde allí los espiaba. Era malo lo que estaba ocurriendo, pero peor le iría a él cualquiera fuera el resultado. Los primos seguían a los golpes y en el momento en que Adelfo le pegó, de frente y con fuerza brutal, una trompada en la cara a Nadia, cerró los ojos. Cuando los abrió vio que Adelfo arrastraba a la mujer desmayada a otro lugar, supuso que al fondo de la casa. Qué haría el sobrino con la prima difícil saberlo y, sobre todo, mejor no saberlo.

Era el momento de marcharse, su única oportunidad. De manera que salió malamente del placar, el cuerpo vuelto un puro dolor, la conciencia de su suciedad, de las manchas de sangre. Lo esperaban la calle, la soledad, vaya a saberse qué, pero el furor de sus sobrinos le hacían percatarse que, de quedarse, le iría aún peor.

Imaginaba a su cuerpo hundido en un pozo, tapado con tierra, soportando un peso interminable. ¿Sobreviviría aun así?

Y si lo hiciera, momia egipcia, de qué podría valer. *Ahora bien,* pensaba mientras llegaba con dificultad a la puerta de calle, *tampoco lo que me espera es bueno.* Hubiera querido, y cómo, que Norea le diagnosticara lo peor, la más terrible enfermedad, antes que padecer el *eso.*

Afuera estaba oscuro y la oscuridad lo favorecería, porque los vecinos tendían a retirarse a sus hogares, los negocios cerraban, solo quedaban en la calle los muy atrevidos, los valientes. O los desvalidos, como era su caso.

El mundo es transformable y todos tenemos derecho a vivir bien. No son sus palabras sino de una dirigente política, pero lo acompañan en la noche, en la ciudad tomada, en la crispación y el temor que tiene. ¿Se habría expandido la noticia de que padecía el *eso,* ahora mismo lo estarían buscando? Temía la explosión informativa, la curiosidad, pero más temía los ataques.

Nadie. Ese era el problema para él, después de la muerte de Juan. Que nadie lo esperaba, que entre sus sobrinos (únicos parientes que se acordaban de él, por otra parte, amén de ignorar si le quedaban otros parientes vivos), y él mismo no había la menor gota de afecto, de sentimientos compartidos. Que se había quedado sin conocidos, sin apegos. Que cargaba con la cruz de vivir y eso estaba significando un cruel fastidio.

Al caminar sintió en el pantalón el peso del teléfono celular. Llamó y logró ubicar a Norea. Se sentía mugriento y con frío, porque además de la noche en la calle lo había envuelto la baja temperatura. *Tampoco me hará nada.* Pero eso no era una respuesta.

Norea le confirmó sus peores sospechas: *Algo así como un*

gen, reiteró el médico. *¿Un gen?*, preguntó. La palabra había sido incorporada hacía escasísimo tiempo al habla de la calle. Un gen, que imaginó como un bichito, o una mancha, incrustada en lo más profundo y misterioso de su cuerpo, indetectable a simple vista, algo extraño y al mismo tiempo presunta o realmente peligroso.

A él lo marcaba. Hasta donde Norea conocía, era único, distinguible, inefable, no sabía de qué manera precisa calificarlo. Pero vaya a saberse, si era el único. Podían ser más, una especie de raza secreta cuyos integrantes no se habían identificado entre sí. Si lo hicieran arrasarían. Cómo no irritar, cómo no causar pánico.

¿Quién más lo sabe?, preguntó a Norea. Algunos de los médicos que lo habían auscultado, la gente del sanatorio que con razón lo había atendido con tanto temor. *Y tus sobrinos.* No tenía sentido que se les hubiera informado también a ellos. *Quizás no debí hacerlo, pero creí que era mi obligación. A veces los médicos se equivocan.*

Ignoraba de dónde le surgía esa ironía, ese sentido del humor en medio de la nada de la ciudad, en medio de la congoja, del no saber qué hacer, viajero sin destino.

Hubo un tiempo..., pero eso pertenecía al pasado, como el barco que ha desaparecido definitivamente en el horizonte. Él, entonces, hubiera buscado refugio en una mujer, en algún pariente, en amigos, en esas tierras conocidas que de pronto se esfumaron. Porque es precisamente de pronto como se da la declinación de la vida. En ese sentido la muerte se vuelve bienhechora, benigna. Pero a él le estaba negada tal alternativa.

¿Quién más lo sabe? Sobrinos, médicos, Norea, que prome-

tía no decir nada a nadie más, pero esa promesa era de tan extrema debilidad que no aguantaría ni el hálito de un ángel. Veía venir al periodismo y tras él a las hordas humanas, tan dispuestas a contemplar el fenómeno. Pero iba a ocurrir algo peor, algo terrible, lo sabía tan bien: primero sería la excitación por conocerlo, de inmediato la marcación del territorio para exhibirlo. Estarían los especuladores, todos quienes quisieran sacar provecho de esa situación. Y más tarde el brutal rechazo. Porque al distinto siempre se lo termina rechazando. La campanita resonando en los caminos del Medioevo.

Un gen, una patraña, una vuelta irónica de la vida. Lo estudiaron, lo auscultaron, abusaron de su paciencia, lo hicieron objeto de análisis exhaustivos y, más y peor que eso, lo estigmatizaron, y ahora Norea le termina de decir que, aunque tuviera cien, ciento cincuenta años, jamás lo iba a lograr porque se le había presentado esa especie de gen que lo preservaba vivo.

De cierta manera —dijo Norea aunque su voz no sonaba convencida— *deberías estar agradecido.*

Iba a conocer el futuro, iba a seguir, el camino a él no se le terminaría nunca. En cambio, todos los demás deberían lidiar con los años, la soledad, la senilidad, la violencia de morir de una manera inapropiada.

Además, todo ha cambiado. Las puertas, hubiera dicho Borges, cedieron a otras puertas, los edificios a otros edificios, las calles se le habían vuelto irreconocibles y, peor, los humanos habían sido sustituidos por otros humanos, aún más irreconocibles. ¿Entonces, qué? La partida definitiva. Pero a él, por el *eso* que carga en lo profundo de su cuerpo, le está vedado el último camino.

Por lo que le queda caminar, marchar tratando de no ser percibido, volverse sombra, fantasma de sí mismo. Y mientras marcha piensa en el fervor del mundo, del ser humano, para derrotar la muerte: la fuente de Juvencia, el elixir de la inmortalidad como quería Qin Shi Huang, el primer emperador chino, que por quererlo murió envenenado. Ah, se dice, la pasión humana. Ah, los deseos que se cumplen.

Humano, no desees el milagro, porque a lo mejor se cumple.

La forma de la felicidad

Escribir es una forma de la felicidad
Adolfo Bioy Casares

Me encontraba allí, obligado a guardar silencio, a poner cara de piedra, a dejarme ir por las palabras que desde el estrado decía la poeta sobre el novel autor. En un rincón, sentadito en su silla, también escuchaba el autor. En una esquina del escritorio reposaban los flamantes ejemplares de su flamante libro.

Nos rodeaban los oscuros cuadros. Estáticos, todos mirábamos al frente mientras la poeta hablaba de los laureles y de los cañones, de las madreselvas, de las glicinas y de los amores confundidos. Y al hablar su voz se teñía de matices, subía y bajaba como el agua del mar, golpeaba en los riscos, se encrespaba y engullía navíos, de inmediato se volvía plácida, se adormecía, se tornaba el propio Mar de los Sargazos, hasta que, reapareciendo, feroz, combativa, clarines al viento, tremolaba y retornaba al enfurecimiento, porque en ese momento hablaba de la patria.

Cuando golpeó, sin querer, sobre el escritorio, el autor se movió un poco en la silla, como si una ligera incomodidad le hubiese tomado el cuerpo.

Después la poeta comenzó a encontrar una serie de palabras que contenían elogios, aplausos, felicitaciones, y todas ellas las derramó sobre el autor, que pareció encogerse en la silla a medida que la poeta las hacía restallar en el aire, a medida que esas mismas palabras se ponían a revolotear sobre la concurrencia que miraba hacia adelante, es decir hacia el proscenio, es decir hacia el escritorio en cuya punta extrema reposaban los libros del autor, es decir hacia la poeta que se ensanchaba a medida que largaba las palabras floridas, es decir hacia el autor que parecía tratar de esconderse detrás de sí mismo, sentadito en su silla.

En ese momento alguien del público carraspeó. Fue un carraspeo suave, al emitirlo el que lo hizo, no sé de quién se trataba, debe haber pensado con esto no voy a molestar a nadie, pero no fue así. A la poeta la molestó. Porque el carraspeo llegó justo cuando ella emitía una palabra gorda, saludable, bien perfumada, con la que buscaba rematar la serie de elogios. Y la palabra, dirigida al autor apabullado, se perdió. Es la verdad, ni yo mismo la entendí (la interpreté, creo, como corresponde, pero no la entendí totalmente) y eso que la poeta antes de emitirla se había fijado bien en los diccionarios, la tenía adobadita, tierna entre sus dientes nuevos, le hacía incrementar la saliva. La palabra tenía la forma de la felicidad.

Pero estuvo de por medio el anónimo carraspeo. Y nada, desde ese momento, fue ya lo mismo.

No lo fue porque la poeta se incomodó. ¿De dónde y cómo un carraspeo, por más tímido e infeliz que hubiera sido, que haya querido ser, iba a tener derecho a causar lo que provocó? Esto es, cortar en dos como espada flamígera su palabra solemne que, la verdad sea dicha, no solo le generó incomodidad, sino que la hizo enojar. Tal cual. Y al hacerlo, como no pudo determinar de quién era la responsabilidad del carraspeo, dirigió la totalidad de ese enojo al pequeño autor (sentado en el rincón) que presentaba su flamante libro y que hasta ese mismísimo momento venía siendo alabado, lisonjeado, aderezado, por las tiernas palabras que para él había elegido la poeta.

Pero, como dije, visiblemente las cosas cambiaron. El autor, a medida que la poeta lo fue alabando había ido saliendo de su encogimiento, diría hasta creciendo, lentamente, con la lentitud artificial que suele mostrar el cine, una flor que se abriera a primera hora de la mañana, un despertar moroso de los sentidos, pero cuando estaba a punto de erguirse sobre sí mismo, me celebro y me canto, se recuperaba, en suma, la poeta derivó. Sencillamente derivó.

En efecto, ella comenzó a hablar de silencios ominosos y provocados, de incomprensiones, de dolores e incertidumbres. Del esfuerzo que no tiene compensaciones. De las injusticias, sostuvo en un momento, para agregar: *Digámoslo con todas las palabras: las iniquidades, señores, que son las monedas con las que nos pagan nuestras obras.*

Y mientras hablaba la poeta miraba al autor o para mejor decir, dirigía su mirada a la atónita mirada del presentado. En realidad (quiero expresarlo mejor), parecía querer aniquilar, destruir, atomizar, con su mirada implacable la torpeza sin fin del novel autor que, era evidente, tenía una culpa esencial e indelegable y que ella se proponía no simplemente exponer sino desentrañar para que, de una manera u otra, pero ahí mismo, la injusticia perdiera su partícula indiciaria y acusadora trocándose en aquello que era necesario, imprescindible, para el buen convivir.

La justicia, señores, aclaró para que no hubiera dudas de sus palabras, la poeta.

El pequeño autor se había encogido nuevamente. Nosotros

también. Nadie hablaba, nadie (menos que menos) se animaba a carraspear, allí se respiraba con dificultad, los pesados cuadros comenzaron un leve movimiento como si quisieran abrazarse, mixturarse, los unos con los otros, quiero decir los de una pared con los de la pared enfrentada sin que nosotros, que estábamos en el medio, contáramos para nada.

Difícil situación. En tanto, la poeta continuaba con sus reclamos: *Reconocimiento, señores; esfuerzos inútiles, señores; sinceridad en cada gesto y cada acto, señores;* y cada palabra, esta vez no solo robusta sino también guarnecida de metales punzantes, se lanzaba sobre la carne descubierta del autor, flagelándolo. Se le metía hasta lo más profundo de la carne y del hueso porque la poeta se las dirigía, una y otra, a él, nada más que a él, tembloroso e inútil en el rincón.

No nos mirábamos los unos a los otros. No nos movíamos. Éramos piedra y sometimiento a la orden que la poeta nos estaba enviando a través del incendio de sus palabras. Al autor casi ni se lo veía tras la pila de las flamantes copias de su libro, emblandecido por la retahíla de las violentas palabras que sobre él habían caído, catapultadas por la poeta.

Que, transpirada, engullía ahora el enorme trago de agua con la que intentaba calmar su sed y su hambre inigualables. Cuando el vaso retornó a la mesa con un ruido feroz supimos que el agua no había saciado sus profundas necesidades. Con el agravante de que aún en el momento de tomar agua no había dejado de mirar iracundamente al en ese instante pequeñísimo, casi inexistente autor.

Hasta que, en un momento, la poeta expresó, ya sin fuerzas, como quien pone punto final al peor trabajo, *he dicho.* Leves y apocados aplausos rubricaron sus palabras. Después hubo murmullos, tosecitas mínimas (que cuidaron al máximo evitar copiar al criminal carraspeo), un rumoroso movimiento de personas y de sillas. Entonces se levantó la mujer cuadrada.

Porque era baja, una especie de peso medio, con un pelo rubio, recortado, de color uniforme, que en ningún momento dejó de parecerme una peluca de vieja muñeca de porcelana. *Y ahora* —expresó la mujer cuadrada— *antes de pasar a lo nuestro* —su clara sonrisa cargada de rouge me sorprendió— *el alegre violinista con su gozosa música que a todos nos entretendrá y recompondrá antes de la recompensa final.* Y volvió a sonreír exhibiendo sus dientes ensangrentados.

El violinista fue excesivo en sus movimientos, pálido en su rostro, melenudo, grandilocuente al mover el arco, vestido de oscuro, de mirada ambigua (parecía buscar algún objeto perdido, casi desconcertado, desasido de su propia música).

Fueron varios movimientos que me parecieron atropellados y cargados de notas chirriantes, pero el resto del público no pareció advertirlo, sino que lo aplaudió a rabiar. Hasta tal punto que al final del breve concierto, quiero decir la última ejecución que a mí no me resultó precisamente festiva sino demasiado próxima a una marcha de muertos, estaban todos de pie, sonrisas y hasta carcajadas al viento, aplaudiendo con entusiasmo, casi vivando al violinista extraviado.

La poeta y la mujer cuadrada estaban en la primera fila. También muchos de los más prestigiados, invitados especiales, con sus respectivas o respectivos consortes. Y algunos hijos. Y detrás de ellos, todos los otros que constituíamos el público. Pero entre todos ellos, por más que busqué y volví a buscar (me encontraba en un sector que permitía la visión de conjunto), no encontré al autor.

En realidad, todos parecían haberse olvidado de él. Tanto que, cuando yo pensaba que iban a referirse al libro flamante y a su hacedor, que irían a invitar al público a que pasase al frente así el autor les firmaba (y les vendía al mismo tiempo) el libro, se levantó la poeta e invitó a todos *a degustar unos bocadillos.*

Ahora viene lo mejor, agregó la mujer cuadrada con sus dientes rojos.

En efecto, sobre un lateral habían colocado una mesa (en realidad, un largo tablón con caballetes) y en ella vituallas y bebidas. No bien la rubia terminó de formular la invitación los invitados, el público, cuantos estaban allí, parecieron abalanzarse sobre ese sector. Al segundo no más comían y bebían con fruición mientras hacían comentarios que no escuchaba bien pero que en ellos arrancaban sonoras carcajadas. Daba la sensación de que unos a otros se contaban una sucesión de chistes obscenos y perversos.

No debía dejar impresionarme de esa forma. Pero además se me hacía tarde, así que, sin saludar, en realidad conocía a pocos de ellos y a ninguno los podía considerar amigo, me dispuse a partir. Pero una palabrita que escuché me hizo dar vuelta y encontrarme con la boca abierta de la mujer cuadrada diciéndome *no se puede ir, no se puede ir, pruebe.* Y me acercaba un plato de carne adobada, cargada de jugo.

Miré a la mujer cuadrada. Miré la alegría intensa, ojos chispeantes, de la poeta y del violinista, que estaban a su lado, con sendos platitos en sus sendas manos, comiendo con sus tenedores, llevándose carne jugosa a su boca.

Negué con un movimiento de cabeza. Intenté hacer un gesto con el que quería explicar mis obligaciones, mi urgencia por irme. Sin esperar respuesta busqué la salida en medio de los cuadros oscuros. Detrás dejaba la fiesta, el rostro decepcionado de la mujer cuadrada, repercutían en mí sus palabras, las otras palabras de los comensales.

Decían *el huesito*, decían *la carnecita*.

La mirada de Juan Prado

Vi a Juan Prado manejando una camioneta destartalada. Fue tal mi sorpresa que casi me atropella un auto. La culpa se debió únicamente a mí y por eso no me enojé ante la catarata de insultos del conductor que tuvo que maniobrar para evitar chocarme. No le podía explicar lo que me terminaba de pasar, por supuesto. En tanto, Juan Prado y su camioneta imposible ya habían desaparecido de mi vista.

Quiero que lo entiendan: hablo de Juan Prado, el abogado, algo más de cincuenta años. Exacto, el mismo. Siempre luchando con el sobrepeso, su sombra, pero tan atildado, tan pulcro, tan cuidadoso del detalle. Dueño de coches impecables, relucientes. Los cambiaba todos los años. Hasta dos veces en menos de trescientos sesenta y cinco días, cuando los casos que defendía le salían bien. Estancias y edificios y empresas mudaban de mano y él se quedaba con una buena parte. Motivos tenía para festejar. Y solía festejar bastante seguido.

Pulcro, cuidoso, brillante en lo suyo. Casado con Bettina, padre de Juancito y Justina. Hacía poco tiempo se habían mudado a un coto privado, así yo los llamaba quizás con un poco de resentimiento, quiero decir a un barrio con custodia que —sostenían sus habitantes—les permitía dormir en paz. Males de la época. Ninguna novedad.

Su radio de acción era circunscripto y previsible: tribunales, estudio en la zona sur de la ciudad, su casaquinta en el country, la de la costa, el departamento en Punta del Este, periódicos viajes a Europa, a veces al Caribe, aunque no le gustaban playas ni pieles tostadas. Mucho menos confundirse con la muchedumbre.

Por eso me llamó tanto la atención ver a ese segundo Juan Prado conduciendo una camioneta con la pintura corroída, marchando a los saltos y acarreando las protestas de un motor a punto de morir. Un Juan Prado despeinado, sudoroso, mal vestido —una remera vieja, que acusaba manchones de pintura— y, encima, una gorra de las de beisbol, puesta al revés, como remedando a un camionero norteamericano.

La explicación era, obviamente, elemental: un tipo parecido, de los tantos con los que nos tropezamos en la vida, un remedo de Juan Prado que, con toda seguridad, sería totalmente distinto a él, si existiera la remota posibilidad de juntarlos. Algo tan común. Aunque la respuesta no me cerraba, no terminaba de cuadrar. ¿Por qué? Por la mirada decidida, fría, especuladora, del camionero. Que era la misma, la mismísima mirada de Juan Prado. Esa mirada que yo, muy en la intimidad, llamaba mirada exterminadora.

Además de quedarme la idea, demasiado pedestre, de que en el breve segundo en que intercambiamos miradas el émulo de Prado pareció sonreírme. Y hasta me guiñó un ojo.

Ideas, confusiones. Reconstrucción anómala de la realidad.

Respecto de ella, de la realidad, lo que importaba era que por esos días se hablara tanto de Juan, de la sorpresa que significaba que, al fin, y luego de mucho insistirle, hubiese aceptado incursionar en política. No de manera directa, porque Prado era muy cuidadoso cuando se trataba de asumir compromisos públicos, pero sí de una forma digamos sesgada y más adecuada a su personalidad: recibir el visto bueno del gobierno de turno para ingresar como juez. Para iniciar, pasados los cincuenta años, una demorada carrera judicial que en su caso prometía ser meteórica.

Porque Juan se destacaba: inteligente, eficaz, certero. No tan sabio como aparentaba, pero muy hábil para colocarse bajo las luces más beneficiosas, maestro para ubicarse en un primer plano y relucir. Igual que un animador de televisión, aunque en su caso casi nunca sonriera porque no se correspondía con el papel que le tocaba representar, un papel en el que debía mostrarse cauto, constreñido, sereno, porque era lo que correspondía.

Nos conocíamos desde muchachos, parentesco lejano que justificó mi presencia en su estudio cuando me vi necesitado de trabajo. Allí duré poco, porque Juan era exigente y arbitrario, no le gustaba que le discutieran y mucho menos que quedaran expuestos sus errores. Incurrí en ambas equivocaciones hasta que me fui. Sin peleas, pero tampoco con amor.

Seguimos viéndonos, pero a la distancia. Aunque no fue aquello de la vieja canción de mis harapos con su esmoquin se rozaron al pasar, tampoco podía decirse que pisáramos la misma vereda. No lo hacíamos. Amigos en común, tías que cada tanto se morían y nos obligaban a concurrir a sus velatorios, nos ponían en contacto. Leve, leve, porque él era un astronauta y yo un ser común que sencillamente sobrevivía, momento a momento, en un mundo complicado.

Muchas veces me preguntaba cómo lo lograba. Porque era un gran esfuerzo, siempre lo es, exhibirse en la vidriera de manera permanente. No podés ni siquiera comer tranquilo, es como estar rindiendo examen todo el tiempo. Una vez, en una fiesta extraña y sorprendente, vi comer a una diva, una antigua dama del cine, popular, famosa. Ah, cómo se cuidaba, bocaditos mínimos, conversación cuidadosa para que la boca no la traicionara y esa traición pudiera terminar siendo inmortalizada por alguna cámara cruel.

Juan Prado no llegaba a tanto, no era un divo, pero a escala local desempeñaba un papel relevante. Aparte, odiaba perder, algo que pude comprobar a lo largo de los años. Y más que perder, lo que rechazaba era quedar en evidencia, ser descubierto en alguna falta.

Como digo, la representación cotidiana a la que tanto se exigía no resultaba una tarea fácil ni sencilla.

Por ese tiempo leí un cuento de Bioy, en el que un padre intentaba que todas las cosas se repitieran, día a día, cada acción, cada hecho, por mínimo que fuera, con la intención absurda de impedir el paso del tiempo. Gran cuento. Algo similar, pensé entonces, ocurre con Juan, aunque él no quiere que el tiempo se detenga. Lo que sí busca, intenta, y logra —me decía— es que el cuadro quede fijo, como una fotografía. Que nada desentonara ni hubiera el menor desequilibrio. Que en forma permanente se presentaran las mismas texturas, los mismos reflejos dorados.

Resultaba difícil lograrlo, porque se trataba de un trabajo a tiempo completo. Y de él debían participar cuantos estuvieran dentro de su órbita. Porque de cierta manera, Juan era el centro. Un sol que debía ser tomado en cuenta, puesto que cuando no se lo hacía lanzaba sus llamas fulgurantes. Lanzaba su mirada criminal.

Cómo la sentí, a esa mirada, en el corto tiempo en que trabajé con él. Cómo me arrepentí haber aceptado ingresar a su sanctasanctórum. Allí cada cosa se encontraba fija, quieta, todo era seguro y así cada cosa en particular y el conjunto arrojaban los resultados esperados. Muchos (yo el primero), no lograban resistirlo. A lo largo de su vida supe de amigos que perdió, de socios que se alejaron, hasta de clientes que prefirieron contar con un abogado menos eficaz, pero también un tanto más humano, que no fuera tan rígido y exigente. Que tuviera algunas fallas, me decía a mí mismo.

Cada tanto, Bettina entraba en crisis (de esas cosas uno se termina enterando) y debía ser internada, los spas curan los males de nuestra época. De sus hijos, Juancito había ingresado al estudio de su padre y sin duda se haría cargo de él cuando Prado empezara a hacerse sentir en la Justicia. Los chicos, ya no tan chicos, a veces también resbalaban. Imagino que Prado sería terrible en sus correctivos. El hijo debió haberse enderezado. De la hija, al parecer, en el último tiempo no había noticias claras ni directas.

Allá él, me dije, esa tarde cuando me sentía especialmente sensible, vaya a saberse por qué (en realidad lo sabía, pero decírmelo, aclararlo, no tenía consistencia, las cosas ocurrieron, pasaron y nada quedaba para agregar). Caminé sin rumbo, aunque sabía que me esperaba el bar en el que suelo recalar. Recalar es una palabra para viejos, habla de barcos, habla de viejos marineros que terminan en algún lugar definitivo porque ya no tienen dónde ir. Eso también lo cantan las antiguas canciones.

Recalaría entonces en el lugar acostumbrado, tomaría cerveza, me dejaría llevar. Los recuerdos suelen imponerse, no son gratos casi nunca, pero ahí están.

Terminé en una mesa de ese bar, en la vereda, en un lugar ligeramente aislado. Cerveza, maníes, algún sándwich, otra cerveza. Atardecía, música de vehículos atravesando los puentes, peatones, gente que hacía gimnasia, alumnos que regresaban de la cercana universidad. Las luces que distribuyeron claros y sombras para cada quién. La luna, allá. Un buen cuadro para el momento melancólico del final del día.

Llegaron. Un grupo de voces estridentes y algunas carcajadas. Reconocí de inmediato a Juan Prado, centro de todas las atenciones. Se sentaron cerca de donde me encontraba. Los mozos, solícitos, arrimaron mesas y sillas. De inmediato aparecieron las bebidas, que en este caso no fueron cervezas sino gordas botellas de champaña. Festejo a la vista.

Debían haberle aprobado el pliego de juez. De ahí a la luna, que parecía contemplarlo, quizás aguardarlo. ¿Quién podría interrumpir su camino hacia la gloria? El mozo, un poco más tarde, me confirmó la designación.

Celebraron. Alguien, entre carcajadas y bromas zumbadoras, elogió a Juan y cayendo en los lugares comunes le pronosticó el futuro espléndido que le auguraban. No era mi fiesta, pero a la distancia levanté el vaso vacío de cerveza. Al fin de cuentas, lo había logrado. No podía contarse el número de cabezas que debió cortar, que debería seguir cortando. No quedaba bien. Juan agradeció y los brindis se sucedieron.

Pasó un rato más. De a poco, los amigos y admiradores de Juan se fueron retirando. Sí, era hora de marcharse. Había comenzado a levantarse viento, un viento que pareció apurar las cosas.

Hora de irme, pero ¿adónde? Pedí otra cerveza mientras observaba que, hacia el sur, las nubes empezaban su convención. Justo cuando me disponía a llamar al mozo, alguien se sentó en mi mesa: Juan. Sorpresa total.

Te reconocí a duras penas.

Había quedado solo, al final de cuentas. Pero como yo, y pese al cambio de clima, tampoco parecía tener apuro en marcharse. Los mozos se miraban entre sí y de a poco fueron entrando mesas y sillas vacías. El viento aumentó. Quizás tuviéramos lluvia.

Felicitaciones, le dije sin entusiasmo.

Juan hizo un gesto vago que, por indefinido, no llegué a interpretar. *Sabés cómo son estas cosas*, dijo un poco después. El viento había comenzado a envolvernos.

Llegaste hasta acá, llegarás más lejos, dije o intenté decírselo. Había algo ligeramente desacomodado en ese momento, quizás por el clima que se iba descomponiendo, quizás porque hacía demasiado tiempo que no conversábamos. Quizás porque no teníamos nada para decirnos.

Sí, es posible, me contestó luego de un momento de silencio. El viento no parecía molestarlo. Pulcro, limpio, afeitado, corbata flamante, de seda, carísima, traje recién puesto. Cada cabello en su correcto lugar.

Los mozos nos miraban con impaciencia. Se lo hice notar a Juan, pero no se dio por aludido. El poder conseguido también pasaba por ahí. Si él se aguantaba, que lo hicieran también los demás. Yo, incluido.

¿Cómo lo hacés?, le pregunté, al fin, aunque no sabía si llegara a entender el sentido de mi pregunta, de lo que quería

transmitirle.

Juan Prado clavó en mí su mirada inmisericorde, la misma mirada con la que desde siempre observaba, controlaba, el mundo.

El viento se arremolinó. Quizás le entró una basurita, quizás fue su intención, pero lo concreto es que pareció guiñarme un ojo.

Una sonrisa se le plantó en la cara. El viento comenzó a despeinarlo y, de alguna manera, también empezó a cambiarle la facha, su propia ropa, la lluvia que cayó sobre su ropa descuidada se confundió con lamparones de sudor. Casi le vi la gorra colocada al revés.

Sonrió más abiertamente, exhibiendo un diente oscuro en su dentadura siempre pulcra, brillante, casi perfecta.

Mientras aguante el camioncito, me dijo, susurrándome, mirándome hasta el fondo de los ojos con su mirada única, cómplice.

Exterminadora.

Las cosas suceden

El colectivo se detuvo y, al subir, se extrañó de que no estuviese como todas las mañanas la viejita que iba al hospital. *Bueno* —se dijo— *las cosas suceden*.

Se sentó en un asiento individual y retomó la lectura del libro.

De inmediato subió una mujer (los asientos delanteros ya estaban ocupados; él en el individual y una pareja en el primero de la fila de dobles) y después de pagar se detuvo a su lado mientras esperaba el vuelto. La cartera quedó abierta un momento y algo, algo oscuro, algo pesado y no sabía si incómodo, subió y bajó por dentro en un segundo. Volvió a la lectura, pero las palabras saltaban al igual que el vehículo rodando por el asfalto desparejo.

El otoño se acentuaba. Marchaba el ómnibus por las frías calles. La costanera, a dos cuadras, daba sus bostezos y el sol se demoraba en aparecer. Un hombre que subió una cuadra más adelante pagó con apuro, como si el tiempo le fuera escaso. Tenía una mirada huidiza y parecía hablar para sí entre dientes. No era muy alto, aunque lo imaginó con botas y casi rozando el techo.

Cuando pasó a su lado dijo algo que no terminó de entender con claridad, como *fin* o *finalmente*.

Las cosas suceden, repitió, tratando de volver al libro, pero se distrajo porque otra mujer que tomó el colectivo a la cuadra siguiente (ya habían hecho cinco o seis desde que estaba sentado) le recordó a un pato. Un pato agotado que cruzó su mirada última con la de él y que le hizo sentirse, también por un segundo, levemente melancólico. Retornó al libro, cabalgando sobre palabras que no se dejaban doblegar.

Parecía haber disminuido la luz dentro del coche y también como si una neblina (no espesa, sino difuminada) estuviera ganando las calles apagadas. Las casas achatadas no largaban aún a sus habitantes y no lograba distinguir automóviles ni bicicletas.

Alguien suspiró. Fue un suspiro que se demoró en registrar, porque su conciencia seguía envuelta en la telaraña del sueño, no lograba concentrarse en el libro y sus pensamientos dispersos todavía continuaban rondando por la casa solitaria, reptaban por el suelo regado de azúcar.

A la cuadra, o a las dos cuadras, subió un hombre voluminoso. Llevaba sombrero y distraídamente se llevó la mano a su ancha nariz. En un instante, y ya se sabe cuánto pueden durar los instantes, le pareció que se trataba de un cura de la campiña italiana, vale decir, montado en burro, soñoliento, con sotana larga, brillante y deshilachada.

No era así, pero esa mañana las figuras se le confundían. Las personas (escasas) parecían emerger de esa neblina como trastocadas. Percibía el apagado sonido del agua golpeando en la orilla. La calma laguna en la calma madrugada.

Pero, ¿era posible seguir oyendo el sonido del agua estando a dos cuadras, quizás a más de distancia? No se lo preguntó abiertamente, porque demoraban en formársele los interrogantes. *Las cosas suceden*, volvió a decirse. Sus ojitos no podían con el libro, brumoso en el ómnibus con su luz casi invisible.

Pensó que iba a llegar tarde al trabajo y, sin embargo, no se sintió preocupado. Se llevaba mal con el jefe y estaba harto de la tarea que allí cumplía. Por lo demás, pasaba por una etapa de su vida en que las cosas sucedían no para su bien, como si acontecieran en los márgenes y no en el centro.

Dentro de tales desajustes, le resultaba hasta normal que el colectivo marchase lentamente, que se demorase tanto en salir de ese sector de la ciudad, que la madrugada en vez de disminuir pareciera acentuarse en medio de la densa niebla, que los pasajeros suspirasen o hicieran ruidos desacostumbrados en un vehículo que parecía desplazarse entre marejadas.

Antes, al levantarse de la cama, lo primero que hizo fue voltear la azucarera. La cocina se transformó en un chiquero gomoso y sus movimientos, hijos del mal sueño que había tenido, y también de los años, que contaban, fueron lo suficientemente torpes como para impedir que la limpieza resultase eficaz.

No se dijo que faltaba la mujer (una mujer, esa mujer), pero la ausencia de ella se multiplicó mientras permaneció en la casa, demorándose en lo que no valía la pena y, en cambio, haciendo con apuro aquello que merecía más tiempo.

¿Alguien suspiró por segunda vez? El chofer no hablaba. Cuando subió (tuvo esa impresión), le pareció oírle tararear. O a lo mejor hablaba con la pareja del asiento doble a la que ahora casi no podía divisar espiando por el rabillo del ojo.

El chofer era una cabeza inmóvil conduciendo el vehículo entre esas marejadas y la niebla. Apenas si se distinguían como débiles manchas amarillas las luces de las calles y se hacía difícil saber exactamente por dónde iban, cuánto faltaba para descender.

Alguien raspó, no estaba seguro si con las uñas o con algún instrumento filoso, el respaldo de su asiento. No se dio por aludido, aunque tuvo la tornadiza sensación de que tras esos raspones había ¿un mensaje?, ¿el ansia, la necesidad o la intención de comunicarse con él?

No se decidía a fijarse en la parte trasera del vehículo mientras que su imaginación, cargada por las pesadillas y acicateada por sus tropiezos al levantarse, entreveraba, de una manera que no quería volver consciente, al cura, al pato, al de las botas, a la mujer, entre ellos y él mismo, haciendo un todo que no se le terminaba de definir.

La música, que debía haber escuchado con anterioridad pero que recién ahora percibía, se difundía por todo el ómnibus. Le intranquilizó, porque no podía precisar cuál era la melodía que estaba escuchando.

Volvían los ruidos enrarecidos. Volvía el agua a golpear, cercana a sus oídos. *Las cosas suceden*, se escuchó decir. Había pensado en alta voz y al sorprenderse en falta le molestó. No era la primera vez que hablaba solo y la costumbre, adquirida hacía relativamente poco tiempo, se le había ido acentuando en los últimos meses. Al término, le provocaba una tristeza —como ahora le ocurría— que se le asentaba en lo muy profundo y de la que no lograba desprenderse.

¿Alguien caminaba por el estrecho pasillo? ¿Y qué eran esos sonidos, primero discordes, y que ahora se producían de manera acompasada? Le resultaban sonidos conocidos, aunque no terminaba de identificarlos, porque se sentía desajustado como muñeco inservible, de manera que *permitió* que siguieran a su antojo, revoloteando por el vehículo que avanzaba entre los flujos y reflujos de la calle vacía.

Todavía lograba advertir la imagen pétrea de la pareja vecina, hombre y mujer que, cuando subió al coche, hablaban en voz alta, pero ahora se los veía quietos, en realidad inmovilizados. De ellos solo percibía sus contornos. Estatuas.

Su vista descendió de las piernas al suelo y no pudo reconocer los pies. Los movió: lejanos, como si estuvieran desprendidos de él, sintiendo que ya no pisaban sobre algo metálico, chapas, sino que parecían estar asentados en alguna cosa más flexible, percudida.

Decidió no darle importancia, aunque también comprendió —solo entonces— que el vehículo seguía su viaje en línea recta, que hacía ya tiempo que no se detenía y que, además, no terminaban de alejarse de ese lugar ganado por la niebla.

De cualquier manera, no iba a protestar. Si, exagerando la cuestión, llegaran a echarlo del trabajo, o lo suspendieran, estaba hecho a la idea porque no era nueva para él y se le había renovado al levantarse, cuando la cama doble le pareció más grande de lo habitual sintiendo la frialdad de las sábanas en el lugar en el que no dormía.

Comprendió que la mujer (esa mujer) ya no volvería y que sus cosas seguirían sucediéndose sin solución de continuidad, yendo hacia ninguna parte.

Ahora, en el viaje, supo que la de la cartera estaba hablándole sin hacerlo, diciéndole que a ella le ocurría lo mismo, diferenciándose su posible voz de otras voces en ese ómnibus que atravesaba las marejadas.

Otros pasajeros también dialogaban entre ellos y, aunque no le hablasen, no le molestó que los pensamientos ajenos penetrasen en el propio, a pesar de que lo habitual en él era rehuirse a compartir el mundo con los demás.

Ahora no. Ahora se dijo *las cosas suceden* y una sonrisa se le coló en los labios. Para nada irónica, como tantas veces, sino que fue una sonrisa de aceptación.

Y esa voz, la que sintió o le pareció sentir en el colectivo, la única diferenciada entre tantos ruidos (¿y que sería en definitiva eso, ese golpeteo contra algo blando que no terminaba de identificar?), parecía pertenecer a quien llegaba a su término, una voz rodeada de un gran vacío, abarcándola, acompañándola de manera definitiva.

Hacía tiempo que no miraba por la ventanilla, porque afuera todo se había vuelto una infranqueable masa oscura. Como tampoco había seguido con el libro observó sus manos, contemplando de qué forma las líneas, las arrugas y las incipientes manchas parecían haber desaparecido al punto de bailotear, huidizas, únicamente en su memoria.

Los pantalones eran objetos oscuros, en la oscuridad más densa del vehículo. Sus pies dos ausencias chapoteando barro.

Las cosas suceden, dijo esta vez en voz alta. Escuchó hablar a la mujer (¿sería la que raspaba su respaldo?) No se dio vuelta para verificarlo, pero sí sintió, quizás por primera vez en mucho tiempo, una gran calma, la frase de la desconocida asentándose en él, masajes en su cuerpo envejecido.

Pensó en el cura y se dijo que ahora debía hablarle para contarle cuitas y pecados y ausencias y faltas. Y advirtió —pero era una manera de decirlo— que el cura también quería hablar con él para contarle cuitas y pecados y ausencias y faltas.

Supo que el de las botas y la mujer semejante a un pato estaban abrazándose en la oscuridad y en el lugar más apartado de la nave. Entendió su desesperación al momento de buscarse, mientras desaparecía la melancolía del pato y el de las botas dejaba de huir.

En tanto, él se pasó las manos por la cabeza y luego las dejó descansar en su regazo. Ya no las veía y las sintió ajenas, así como las piernas invisibles y hasta los pies sumergidos en una especie de lodo.

Pensó que debía hablar con la mujer de la cartera. Contarle en ese momento preciso cómo había conocido, deseado, amado, despreciado. Y cómo ahora, en estos tiempos, sólo convivía con la desolación, alejado de cualquier intensidad.

Alguien volvió a suspirar y el pequeño hecho ajeno, vuelto propio, lo conmovió.

Quien conducía era una difusa figura manejando entre la niebla.

Reconoció el chapoteo del agua golpeando los flancos de la nave, tomó el remo que alguien puso en sus manos y como los otros comenzó a bogar identificado por fin el origen del extraño sonido: los remos golpeando en el agua, impulsando la nave.

También identificaba la música.

La nave proseguía su marcha por el río que era subterráneo y por eso se hundía sintiendo el lodo en sus pies, aunque esto último fuese una impresión que nunca aclararía.

Las cosas suceden, dijo por última vez.

El conductor dio vuelta la cara para mirarlo.

Lo reconoció.

Sí, las cosas suceden, dijo Caronte.

Y volvió la vista al frente, manteniendo el rumbo de la nave.

Tríptico de Verónica

1. Sentís que te vas a morir

Por favor, Dios, rezás, *que no venga más*, estás llorando en el baño, *apurate*, pide tu hermano, *¿qué hacés ahí?*, te dice, buscando intrigar, pero no podés salir de inmediato, con los ojos llorosos, *no aguanto más, Dios, Jesús, Virgencita, ayudame, me ahogo*, sentís que te vas a morir.

Pero Dios no parece atenderte, porque tu prima está hoy, estuvo ayer, estará mañana, y siempre será indiferente con vos haciéndote sentir un inútil. Como ahora mismo te lo hace sentir.

Te lavás la cara refregándotela con rabia y salís, al fin, del baño, sin mirar ni contestar a tu hermano y te zambullís en tu pieza donde tratás de tranquilizarte, mientras escuchás la voz altanera y jocosa de la prima Verónica que parece cubrir toda la casa, toda la cuadra, toda la vida, diciendo barbaridades que solo a ella le festejan, incluyendo sus chistes de doble sentido y hasta sus palabrotas, que a cualquier otra criticarían, menos a la prima. Si hasta el abuelo festeja. Si hasta vos mismo no podés dejar de reír en voz baja, aunque no entiendas ni la mitad de lo que quiere decir.

Ah, Verónica, a unos pasos de tu cama, pero a una inmensidad de tu vida, de tu corazón que se expande, derrama, explota, por ella, y ella que no lo sabe, que por vos nunca lo sabrá, que, en definitiva, pasarán los años, las capas geológicas, los cambios que trastornarán tanto a ambos, pero nunca lo llegará a saber, será tu secreto mejor guardado, el que nunca contarás a nadie, el que más te hace y hará sufrir.

Un nuevo diccionario se incorpora a tu saber: imposible, ajena, lejana, indiferencia, sufrir; palabras que te resultaría muy difícil de definir, pero que son la suma de cuanto estás sintiendo ahora, en pequeño, como un objeto que va armándose, elaborándose, con tus fibras más personales, tus sentimientos más íntimos, cuanto no terminás de comprender.

Te faltan las palabras, los conocimientos que más tarde te dará la vida, volverás a verte con Verónica en varios momentos, y cada uno de ellos seguirás sintiéndola como ahora, fría, distante, y al final lo sabrás, de aquí a tantos años, ella te dirá que es lo que pasa ahora mismo en la casa y que no llegás a entender, no podés entender por más que quieras. Ya comprenderás, mucho más adelante, cuando sea tarde.

La felicidad únicamente te la dan el tío Manuel y la prima Verónica. El resto no, el resto te acongoja, aunque te sea otra palabra ignota, el resto tiene la cara de la infelicidad. Cuanto te rodea te hace sufrir: las clases en el colegio, la religión que te produce pesadillas, el llanto eterno de tu madre, la frialdad de tu padre, las insidias de tu hermano, y especialmente lo que no te ocurre, aquello que no te pasa.

Suplicás una mirada, escuchás qué dice un tango que nadie te dedica, pero a esa letra, hecha para los adultos, dicha para los grandes, te cuadra de medio a medio, claro que suplicás una mirada, una sola, de la prima Verónica, que jamás te dedica, si ella te saluda es en medio de todos, nunca te distingue del resto ni te pregunta nada, hace bromas a esta y aquel, incluyéndote sin incluirte, formas parte de lo que ella ve: una pared, un cuadro, la imagen de la Virgen, hasta la imagen de Evita que pese a todos impone la abuela, porque es tan rubia, y si es tan rubia como Verónica lo es también, tiene que ser tan buena, como parece que Verónica lo es, aunque cada vez que llega mientras se ríe y no deja de reír dice hiriendo, después, pero mucho después, te darás cuenta de la carga negativa de su frase, que ha llegado de visita para ver a los pobres, y besa a todos sin besar a nadie, y con las tías y los primos mayores, tu hermano a veces, vos nunca sos invitado, se dedica a jugar a las cartas.

Nunca sos invitado, no lo sabés, tardarás tanto en tomar conciencia de ello, pero de eso se trata, precisamente: nunca sos invitado. Y cuando lo seas, pobre de vos, sabrás. Y será eso lo que te resultará insoportable.

Ricardo, cada tanto, importunará en tu pieza, cuando ocurre te sentís invadido, te sentís infeliz, pero igual pagás el precio porque eso está diciendo que el tío Manuel visita de nuevo la casa y la casa cambia, además el tío Manuel es como una película de misterio, llega de Rosario donde tiene un trabajo sobre el que casi nada dice, pero te alcanza y sobra con lo que cuenta en familia, no te importa aquello que le dice a los grandes, que no terminás de entender, como tampoco lo entiende tu hermano (y si lo entendiera no te lo aclararía), es como los espías del cine, como los que se reúnen a la noche en esos lugares raros, donde todos fuman, como fuma el tarambana de Ricardo, que no hace nada, que nunca hace nada salvo enojar al abuelo, el que le llama tarambana, como el coronel Cañones le dice tarambana a Isidorito en la historieta, tarambanas, que sean lo que quieran ser, no te importa, lo que importa es que el tío Manuel se encuentre en la casa, que le cambie la cara aburrida y triste de mamá, de la tía, que los haga reír como la prima Verónica, el grandote del tío Manuel, gigante en medio de las mujeres bajitas que parece sobrar en la casa. O, en todo caso, cubren la mayor parte de los espacios. Escasos hombres maduros te rodean y en cambio lo hacen mujeres y chicos que, como vos, entienden las cosas a medias, que es igual a decir nada, aunque de eso te darás cuenta mucho más adelante.

El tío Manuel te fascina, palabra que todavía no dominás, porque cuenta historias que parecen sacadas de los libros y de las películas y él se presenta como el propio muchachito de la historia, persiguiendo a los bandidos, como los llama, corriendo peligro su vida, anécdotas que suelen terminar con tipos muertos o encarcelados y que a vos te dejan casi sin aire, como te pasa cuando ves las películas de policías y ladrones.

Y el tío guarda un adicional reservado solo para vos: cada tanto, como al pasar, te toca la cabeza, cada tanto, tratando de que nadie se dé cuenta, te acaricia como al pasar. Cada tanto, como por casualidad, te pregunta por la escuela. Y cada tanto, en un momento cortito te pone algo en la mano. A veces son monedas, a veces es un pequeño soldado de plomo. A veces es un chocolate que te pide lo comas cuando nadie te vea.

Una cosa entre hombres, entre nosotros, te ha dicho. Una cosa que reclama complicidad y silencio. Silencio que, extrañamente, sabés mantener, ante Javier, ante mamá, ante cualquier otro, porque es un acuerdo nunca explícito entre Manuel y vos. Solo vos.

Lo difícil es que te cuenten la verdad, nunca aclara demasiado el tío Manuel y eso te produce molestias, como tampoco sabés de dónde sale la gran cantidad de plata que tiene en su billetera, cómo hace para gastar tanto en tu casa donde el dinero se cuida hasta lo último, gastos, regalos que te ponen tan feliz, que juguetes, y revistas y libros de Sandokán, una de las pocas felicidades que se registran en tu casa que parece estar de luto aunque nadie haya muerto, aún. El tío Manuel, tío de no sabés de dónde ni por qué, pero el único que vale la pena.

Y la otra que vale la pena es la prima Verónica, pero vos no se los podés decir. No tenés palabras, con ellos dos se te traba la lengua.

De pronto, ocurre. Te pasa, pero sin saber qué pasa. Varias cosas te pasan, has crecido casi sin darte cuenta, usás pantalón corto aún y te da un poco de vergüenza, te hacen bromas pesadas porque empiezan a aparecerte pelos en las piernas, pelos también en tu sexo, que ha comenzado a estirarse y demandar, sin saber bien qué quiere, porque tu hermano, que suspira mucho de noche y gime y a veces reprime un grito, se niega a aclararte nada, y no te animás a preguntarle a tu atribulada madre, menos a tu padre, tan callado, tan serio, tan enojado con el mundo como vive.

Al único que le preguntarías, mirá cómo son las cosas, es al tío Manuel, pero el tío Manuel de golpe ya no viene más. Y cuando la interrogás a mamá te dice que tuvo que viajar, a Mendoza o a San Juan o a la Luna, se entrevera, a veces gimotea o llora, tu padre anda irritado, todos están tristes y molestos y una noche te despertás alterado, agitado, mojado, con el pito que te duele como nunca antes, y te das cuenta que has soñado con la prima Verónica, y no sabés qué pasó en ese sueño donde ella estaba desnuda, aunque nunca viste a una mujer desnuda, viste dibujos en el colegio, imaginás ahora a mujeres desnudas sin terminar de definirlas en tu mente, con tu enorme sentimiento de culpa, con la sensación de pecado que te ciñe, con la imposibilidad de confesárselo al cura que sin embargo, domingo a domingo, te pregunta por tus pensamientos turbios.

Hasta que una mañana, muy, pero muy temprano, tan temprano que apenas si podés permanecer despierto, a tu hermano y a vos los suben a un auto para llevarlos a una quinta perdida en el campo, a la casa de la mujer que alguna vez limpió en tu casa, Emilia o Amalia, ni la conocés, y te hacen quedar ahí, perdido, sin poder preguntar, porque la mujer apenas si les habla y se limita a darles de comer puchero, y guisos, y cosas grasosas, y a exigirles que se bañen y se cambien, y tu hermano no dice nada, y vos tampoco hablás aunque estás desconcertado, perdido, aturdido.

Hasta que llega la tía Yoli bañada en lágrimas, *ay chicos*, les dice, *qué pena, qué tremenda pena, tendrán que ser fuertes*. Y, siempre sin entender, con tu hermano te enterás de que son huérfanos porque de súbito murió tu padre. Te enterás también que ya ha pasado todo. Que deben volver a casa. Y que no hay más que hablar.

Porque no hubo más. Como quien corre el telón. Porque se murió tu padre y se murió tu abuela y se murió tu abuelo y el tarambana de Ricardo se fue, como se irán más tarde otros tarambanas que conocerás a lo largo de tu vida (y uno de ellos te hará saber lo que no hubieras querido conocer) y del tío Manuel jamás, pero jamás hasta casi el final, volverás a tener noticias.

Como de pronto, ay Dios, esas cosas que duelen en la vida, la prima Verónica dejó de visitarlos, igual que tantos más, un luto extendido en tu casa, sin que hubiera razón ni fundamento, casada jovencísima y divorciada jovencísima, en los Estados Unidos, ese país de los cowboys valientes y las muchachitas rubias que te hacen soñar demasiado, esperar demasiado, que te provocan ahogos, porque nadie más se divorcia en el país donde la palabra está prohibida, como tantas otras está prohibidas. Donde seguís sin entender.

Tardarás mucho tiempo en conocer, lentamente se descorrerán las cortinas, los velos, cuanto no sabés y hoy te desconcierta, como te desconcierta tu madre cuando llora, como te desconcierta la ausencia del tío Manuel, como no terminás de entender por qué ya nadie nombra a tu padre. Por qué tu hermano te niega, tan cruel, que seas en realidad su hermano, viendo al fin cómo las cosas se van disgregando.

Cómo Dios no responde a una sola de tus plegarias.

2. La muerte del abogado

Resultaba para mí una situación incómoda y, de verdad, me negaba a admitir que mi prima Verónica era una mantenida. Sin embargo, era la palabra exacta: mi prima, ya cercana a los cincuenta pero conservando una belleza madura que llamaba la atención, había logrado establecer una relación sentimental con el doctor Parlez, nada menos que con el reconocido abogado Horacio Parlez, quien no ejercía su profesión, aunque tuviese chapa, estudio y secretaria, porque su confusa y nada recomendable vida profesional se vinculaba con la libra de carne de la historia shakespeariana, aunque él no fuese precisamente un personaje digno del inglés ni de nadie, por ser simple prestamista en una simple ciudad provinciana.

Verónica se había transformado en su amante, esto es, en una mujer que —como solía decirse— recibía dinero a cambio de sus favores. Ella, sin saberlo, había trastornado mi niñez y mi adolescencia. Cada tanto, rubia de pelo largo y ojos verdes, rica, emancipada, llegaba a casa para visitar, como decía *a los parientes pobres*, a sus tías, una de las cuales era mi madre. Mayor que yo, jamás se fijaba en mí y ese era mi calvario.

Se casó y (ay, dijeron en casa) llegó a divorciarse vía Estados Unidos porque aquí el divorcio entonces era anatema. El primero de los varios escándalos lugareños que la tuvieron de protagonista y que conocí de refilón (y, la verdad, sobre los que no quise indagar), pero tiempo, y parientes comunes que murieron, y circunstancias y situaciones diversas nos fueron separando hasta que casi la perdí de vista. Aunque (ciudad mediana) cada tanto nos volvíamos a encontrar. Y en una de esas vueltas la volví a ver, esta vez con el doctor Parlez.

Nos saludábamos sí con afecto, pero también con reticencia. Como ambos, por disímiles motivos, no queríamos hablar de nuestras mutuas vidas, cuando nos encontrábamos en forma esporádica costaba que halláramos temas en común, de manera que nuestras charlas terminaban siendo accidentales, más efímeras de lo que me hubiese gustado. En todos los casos resultaban conversaciones frustrantes.

Más lo fueron cuando supe que era la amante de Parlez. Vivíamos tiempos de crisis, cuándo no, aunque esa vez fue una crisis que casi terminó con todos nosotros: la hiperinflación de Alfonsín, provocada desde afuera, pero nunca resuelta por el líder radical. Los números se habían disparado, los billetes de entonces, los australes, tenían cifras astronómicas, y uno sentía que viajaba sobre un globo y que el globo podía estallar en cualquier instante. En ese tiempo, por casualidad, a la distancia, volví a ver a Verónica en un hotel, entre cortinados y humo de cigarrillos, escenografía de película criminal, en blanco y negro, sirenas policiales aullando en la noche, en la que la madura belleza de Verónica en ese momento (¡en tantos momentos!), volvió a abrumarme.

Si tengo que forzarme a buscar un parecido hablaría de Charlotte Rampling, la actriz.

 Esto, visto a la distancia. Porque no hablo de la actriz de esa época precisa, sino de la que reapareció, al menos en los cines de mi país, luego de varios años, ya madura, con el pelo color caoba y con su misteriosa sonrisa de siempre. Bella, pero sobre todo insinuante. Sonrisa nunca complaciente. Más bien cómplice y un tanto perversa. Parecida a la actriz y esperando a Parlez, como lo comprobé a los minutos. Yo, espectador, distante, sin ánimo de acercarme a ella, lamentando cuanto se había perdido. Cuanto había perdido.

Tiempos difíciles, en un rato no más llegarían Menem y Cavallo para parar la inflación a trompada limpia y negocios turbios que pagaríamos durante generaciones. No importaba, ni a la gente común y mucho menos a los Parlez que antes o después sabían surfear sobre las olas, hábiles para los pases de brujería que transformaban empresas relucientes en galpones abandonados en un abrir y cerrar de ojos, con su tendal de trabajadores que quedaban en la calle, sin obligaciones ni destino, y capitalistas de ojos tapados que relucían más que nunca.

Parlez era uno de ellos: rápido para las oportunidades que sabía encontrar, captarlas, volverlas suyas, hubiera crisis o el ambiente se tranquilizara, él, ganador, aunque no eterno, sabía hacerlo. Se lucía con sus mujeres, a las que hacía variar como a sus trajes (era impecable y clásico en su vestimenta; también era implacable, pero eso es otro país), a las que quizás cambiara cada temporada. Solía hacerse ver con mujeres jóvenes, de manera que Verónica resultó una excepción, a lo mejor porque pese a ser ya madura tenía su personal sabiduría para manejar sus tiempos, hacerse sentir y desear. Hasta ese momento se mantenía bien. Después vendría el derrumbe, que resultaría catastrófico, pero el después no aparecía entre el cortinado del hotel, en las joyas legítimas que lucía. En su mirada de ojos verdes e incisivos, en su sonrisa perenne, en la pose misma que adoptaba y que parecía desde esa posición hacerle saber al mundo que ella todo lo tenía controlado.

Mentiras que se dicen. Vivimos engañándonos solo para persistir.

También es cierto: nunca nos terminamos de contar la verdad, algo queda en reserva, sin ser expresado. Sin que lo admitamos, una puerta que nunca termina de cerrar. Aún hoy, transcurrido tanto tiempo, tengo mis conjeturas, no mis certezas. ¿Pasó? ¿No ocurrió?

Eran tiempos de circulación fácil de dinero difícil. Fácil de esconderlo, difícil de mantenerlo y acrecentarlo. Podían hacerlo o fracasar. Eso sí, la palabra *garantía* no figuraba en ninguna parte. Cada tanto alguien caía al abismo y nadie hacía nada para salvar a la víctima, sino que continuaba sin volver la vista atrás. ¿A quién le interesa tornarse estatua de sal?

Sin duda, Parlez quería seguir. Y lo hacía, pero, al parecer, triscó en jardines ajenos y una noche, verano, gente en las calles y en las playas, el calor húmedo e insoportable de la ciudad, dos o tres de la mañana, se escucharon algunos disparos, a lo mejor (aunque no hubo un solo testigo) se oyeron gritos. Alertada por un corto y eficiente llamado anónimo, se hizo presente la policía en el casa céntrica en el que vivía el abogado prestamista y, con la pertinente orden de allanamiento expedida por juez competente, al irrumpir en el dormitorio de la finca se encontraron con el dantesco cuadro de un Horacio Parlez desnudo y destruido por la gran cantidad de balazos que recibiera, bañado en sangre, como se escribió en el diario. También lo estaba la rubia alta y bella que dejó de serlo de súbito, alcanzada por las balas que casi la desintegraron.

Una rubia alta, bella y joven que, claro, no era mi prima Verónica.

Sobre mi prima, puede decirse que desde ese momento empezó su decadencia. Verónica debió presentarse varias veces en tribunales, contar cuanto sabía y cuanto no, que al parecer no era mucho y eso fue apartándola del caso (pudo demostrar que hacía varios meses que había dejado de frecuentar al abogado), así como en la noche de los asesinatos estaba lejos, en Chile, de vacaciones. Hubo mucha confusión en el caso y, aparte, otros hechos de violencia se registraron en una época cargada de preguntas sin respuestas, con situaciones nunca aclaradas, empresas que abrían de súbito y otras que cerraban casi antes de existir. Y el resultado, que —digamos— contemplé desde lejos, fue no acertar a nadie ni nada en ningún lado.

Como suele ocurrir, durante la investigación (casi inexistente) cayeron algunos desconocidos y ajenos a la muerte del abogado y de su amante. El hecho se volvió un nuevo caso insoluble, propio del ambiente pesado de la época.

De ahí en más tuve escasas noticias de Verónica. Me enteré de que debió malvender la casa que había sido de sus padres (de bastante valor por el lugar donde estaba levantada, pleno bulevar) y de cierta manera desapareció de mi vista. Tanto que de ella me quedó la imagen de la bella mujer madura vista en el hotel.

Lo curioso fue que, en el medio, al tiempo, me encontré con el Tarambana.

No se trataba por supuesto del tarambana de mi niñez. Tampoco sabía que yo lo llamaba así y solo para mí. Era un muchacho ganador de la época, pariente lejano que no me causaba amor ni alegría, pero a quien no pude evitar en el bar de la terminal, donde esperaba a alguien que nunca terminó de llegar y, bastante desocupado como me encontraba en ese momento, acepté hacerle compañía.

Hombre del momento, cada tanto aparecía en los diarios y la televisión. Como el abogado Parlez, él también sabía manejarse en aguas turbias y obtener presas que quizás no fuesen fragantes, pero que sabía vender como si terminaran de ser sacadas del agua.

Después de comentarios baladíes que incluyeron la glorificación de Menem y la etapa milagrosa en la que vivíamos, en la que un peso valía igual que un dólar y el mundo se postraba ante nosotros, la charla con el Tarambana derivó sin recaer en nada importante hasta que, luego de mirarme con cierta picardía —era astuto, explotaba su mirada aparentemente franca, la piel quemada, el pelo sobre los ojos— me dijo *qué primita la primita* y se rio con esa risa de ganador que tantos ostentaban por aquellos años.

Le aclaré que hacía mucho tiempo que nada sabía de ella, salvo por la muerte del abogado, *por lo que leí en los diarios y escuché por radio, porque hoy por hoy no tengo contactos con Verónica.* Podría afirmar que me miró de otra manera, como si estuviera sorprendido o como si no terminara de creerme. *Siempre pensé...,* murmuró y se guardó lo que había querido decir.

Nunca fuimos amigos. Verónica visitaba mi casa bastante seguido, pero yo era más chico así que para ella no sería más que un perrito o una planta.

A lo mejor hablé de más, o dejé trasuntar algo de más, porque el Tarambana dejó de hablar, aunque no de observarme, mientras se tocaba la cara, sopesando mis comentarios.

¿Sabés guardar secretos?, me preguntó, por fin.

El tarambana sobrino lejano, si lo era, despabilado, rápido para ver debajo del agua, parecía observarme con cierto aire sobrador mientras hablaba. Al parecer tenía todo el tiempo del mundo para contarme lo que él llamaba *la verdad.* Hablaba, eso sí, sin claridad, con frases entrecortadas y expresiones que quedaban a medio camino, sobreentendidos que yo debía comprender, aunque no terminaba de hacerlo.

Mi *semipariente* creía que yo sabía más de lo que aparentaba. Presumo que, en cambio, él sí conocía todo ese denso y apretado mundo maloliente en el que se movía sin problemas. En esos momentos era dueño, se jactaba de ello, de un pequeño semanario que publicaba noticias regionales y se distribuía en forma gratuita. Me dio un ejemplar para que admirara la cantidad de publicidad que contenía. Las informaciones eran todas oficiales y oficialistas, ya se tratase de noticias de la provincia o de municipios y comunas. Las noticias eran triviales, mínimas, referían a las grandes obras de los enormes artífices que conducían, oh, casualidad, la provincia, esos municipios, tales comunas, sus enormes proyectos, sus extraordinarias obras públicas. No tenía necesidad de aclararme nada: la profusión de avisos y las noticias escasas y neutras hablaban de un medio extorsionador, mucha sonrisa y mejor que sea en efectivo y dentro de un sobre que no deje huellas. Entregado en un bar.

¿El Tarambana estaría esperando a un pagador que se demoraba más de la cuenta?

La plata fácil podía volverse difícil en cualquier momento. Mientras se controlan los territorios la situación se calma, pero en general resulta de corta duración porque prevalecen los odios, el deseo de conquistar el terreno ajeno, la revancha, la venganza, la inquietante necesidad de tener cada vez más. Parlez era codicioso y sabía cómo anudar contactos y obtener ganancias *non sanctas.* Desconfiaba de todos y las diferencias a favor las lograba con el simple procedimiento, doble, de apretar y estafar.

Antes de Parlez, Verónica contaba con una herencia considerable y difícil que sufriera carencias económicas. El Tarambana, igual que yo, ignoraba de qué manera se conoció con el abogado. El presunto sobrino sospechaba que Parlez podría haberle propuesto obtener buena renta de un depósito que ella le confiara. Nada legal, por supuesto.

No debería descartarse que la mutua conveniencia los haya acercado sentimentalmente. O que, el Tarambana lo sospechaba, Parlez hubiera abusado de la soledad de Verónica, que perdía momento a momento su fuerza seductora, para mantenerla atrapada, aprovecharse de su debilidad y asegurarse así el control del dinero.

Y, dijo el Tarambana, en algún momento con Parlez pasaron dos cosas: la primera que se entreveró con plata ajena y quedó al descubierto. No había chicos buenos en esta historia y el rayón que lo esperaba una mañana, de largo a largo en su auto nuevo, le hizo saber que estaba jugando con fuego. Pero, pese a la advertencia, no tomó precauciones.

Es probable, dijo el Tarambana, que se haya negado a ver lo que se le venía. Y lo que se le vino fue la noche, gente que entra a su casa sin el menor problema, no hay perro que ladre ni alarma que truene y por fin lo que ocurrió: Parlez y la rubia que lo acompañaba (no era Verónica, subrayó el Tarambana) terminaron como terminaron, reventados, *hechos un colador.*

Verónica nada me comentó cuando volvimos a vernos varios años más tarde y en ningún momento mencionó a Parlez. En ese sentido yo también enmudecí ante el Tarambana a quien, dicho sea de paso, nunca más volví a encontrar. A lo mejor, también a él, lo sorprendió una curva inesperada en la vida. Jugaba con fuego todo el tiempo.

Aquella vez en el bar volvió a hacer silencio, casi a examinarme con una mirada sarcástica, propia de quien te está tomando el pelo, *qué primita la tuya*, dijo, enigmático.

¿Qué querés decir con eso?

Te voy a contar lo que creo que pasó. Pero de esto yo a vos no te dije ni media palabra. Y va en serio —su rostro se demudó, aumentaron la edad, la tensión de su mirada, el viento de la furia y la muerte lo alcanzó, transformándose en lo que de verdad era: un tipo de temer—. *Prometeme que nunca lo vas a repetir.*

Lo tuve que hacer. Exactamente así: *Lo prometo.*

Verónica era vengativa y no sabía lo que significaba perdonar. Parlez la había humillado doblemente: en un momento dado parece que ella quiso saber algo sobre su plata, o reclamarla, o rescatarla, y el abogado le habría comunicado que ya era tarde porque el dinero se había perdido y, *ya que estaba*, de paso agregó que hasta ahí habían llegado en el juego del amor.

Fue su ultimátum y Verónica no debe haber tardado en comprender que no había más. No, respecto del amor, que para ella habría sido también una cuestión de conveniencias, sino en relación a sí misma, de su presente y su futuro. Que Parlez era el culpable de todo.

¿Me estás diciendo que ella los mató?

De nuevo emergió su sonrisa perdonavidas. *No sos para estos tiempos.* Jamás Verónica se equivocaría de esa forma. *Estaría presa*, me aseguró el Tarambana, porque la muerte de Parlez se investigó y bien que hubieran necesitado de un infeliz (en su caso, de una infeliz) que se hiciera cargo de todo. Con ella no pudieron porque sus coartadas y explicaciones fueron convincentes.

Mi sobrino postizo me recordó que el asesino *(si es que fue uno solo)* entró y salió sin problemas. *Ausencia total de huellas,* dijo la policía. *Estamos ante un profesional,* manifestó casi acongojado el comisario a cargo de las investigaciones.

La venganza se sirve como plato frío. De algún modo (supuso el Tarambana y es probable que también otros lo hayan supuesto), ella conservó el juego de llaves de la casa de Parlez y lo hizo llegar a quien correspondía.

¿Era posible?

Me vi ante mi prima, cuando chica, sonriente, bella, especuladora. Y la imaginé de pronto grande y sin dinero y sin destino, todo por culpa de un hombre que la usó y luego la tiró como trapo viejo. Demasiado para ella.

Claro que era muy posible. Muy probable.

El Tarambana se despidió, volviendo a reclamar mi silencio, y esa fue la última vez que lo vi.

Cuando años más tarde, por otros motivos, me encontré con Verónica y nuestra conversación fue por rumbos distintos, Parlez estuvo ahí, todo el tiempo. Y la venganza de mi prima, también.

Todo el tiempo.

3. En un mundo opaco

Aún me gustaba, pero su ojo medio dorado había dejado de
fascinarme. Su lugar apropiado era el río nocturno, en el país
de lo imposible. Ahí seguía para mí su magia.
James Dickey, *Liberación*

Todos guardamos secretos.

Los recuerdos se agolpaban, como objetos redondos de diversos colores que saltaban desde muy lejos hasta ocupar un rotundo primer plano, o, también, resultaba ser una sucesión caprichosa de fotos fijas de diversa graduación, intensas algunas, hasta abrumar, y otras, débiles, como alcanzadas por el agua o algún ácido, diluidas, varias de ellas ya sin sentido. *Oh, mi prima Vera*, decía el escritor cómico cuando todo era humor blanco e, igual, la gente se reía porque los chistes tontos funcionaban. Podría repetir la idea, la fórmula, aunque en ese momento el sol caía a plomo y el viento estaba ausente de toda ausencia, mientras el remise se bamboleaba buscando la dirección que el cuñado del primo Horacio, único sobreviviente en esa rama de la familia, le dictó por teléfono. Podría repetir el chiste, pero modificándolo y haciéndole perder sentido, hablando de la prima Vero, porque era a Verónica a la que buscaba para quitarse de encima algo así como una sombra o una mancha, un recorrido por el pasado que no le dejaría nada pero que, igual, quería dejar resuelto aunque no supiera bien por qué (lo sabía, por supuesto, en cualquier mala publicación de época le dirían que no le quedaba demasiado hilo en el carretel y que estaba ganado por la autocompasión).

¿Lo estaba? No podía descartarlo, aunque había más porque siempre hay más, en cualquier circunstancia. Puntos suspensivos. Porque más allá de que demoraran en ubicar la dirección, dado que era un barrio de esos que se levantaron al norte de la ciudad (extremo norte, desconocido para él), con callecitas con nombres de flores y árboles y excesivamente iguales, como chicos a punto de desfilar en días patrios, antes de descender del coche vaciló en presentarse ante la hoy desconocida porque ¿con qué se iba a encontrar? ¿Con un remedo de la momia de Tutankamón? ¿Con el pasado inexistente? ¿Con ecos muertos? ¿Con la nada?

Al fin pagó, bajó del auto y tocó el timbre de una puerta herméticamente cerrada. Mientras esperaba, la foto que le entregó la imaginación (o el recuerdo, que es siempre ayudado por la imaginación, para mejorarlo), fue la de una joven mujer, que cuando adolescente contemplaba de lejos, inabordable con su ropa nueva, sus flamantes novios, sus intensos ojos verdes. También, segunda foto, más nítida, fue la de la mujer madura, siempre sus ojos verdes, descubierta una noche, casi escondida entre el cortinado del gran hotel.

Después se enteró de su entrevero con Parlez y cuanto ocurrió más tarde. *La juntada, los últimos encames antes de morir,* dijo con desprecio la tía Yoli, aunque la que murió al rato no más fue ella, quizás porque se mordió la lengua y el veneno y la envidia invadieron su cuerpo. Después no supo más.

Soy tu primo, debió decir por el interfono. Aunque no terminaba de entender a *esos aparatitos,* no descartó que el fantasma que se encontraba del otro lado lo estuviese espiando a través de alguna cámara oculta y que en ese mismo momento se estuviera espantando. Después de dos o tres aclaraciones más se escuchó un zumbido y la puerta se abrió.

Lo recibió una figura escueta, con ligero encorvamiento, que avanzaba hacia él dando pasos extraños, próximos a los de un muñeco articulado, un robot antiguo, un monstruoso juguete de alguna época pretérita, mientras repetía *no lo puedo creer, no lo puedo creer,* con una voz que no terminaba de ubicarse en ningún registro, como si hubiera perdido hacía mucho tiempo el rumbo. Cualquier rumbo.

Usaba gruesos anteojos negros y su vista estaba demasiado débil, por lo que se movía más bien por los indicios que le proporcionaban las paredes y el mobiliario antes que por otra cosa. Salir de esa casa para ella resultaría toda una odisea. Faltaban el aire y la luz, prevalecía la hedentina de la vejez, y cuando se sentó en un viejo sillón para nada mullido ya estaba arrepentido de la visita. Para peor lo llamó Javier confundiéndolo con su hermano, mayor y muerto hacía demasiado tiemppo. *Encima, loca*, pensó. La corrigió y ella le pidió disculpas, un tanto incómoda por su error. *No estuve bien, pero a esta edad las cosas se mueven demasiado rápido en cierto sentido, mientras que en otro se estancan, como soldaditos de plomo.*

Ese sí que era su modo de hablar, cargado de alegorías y figuras insólitas que inventaba sobre la marcha. Nada tonta, su prima, primera en los juegos de la niñez, primera en los juegos del amor, primera para escamotear lo que de ella no quería que se supiera, siempre. Primera para salir sin rasguños del caso del abogado Parlez, ese misterio que aún persistía y sobre el que no se proponía decir una sola palabra.

Estaba incómodo, con calor, producto tanto de sus nervios —ah, cómo se sentía tenso, en falta, cómo no podía superar esas cohibiciones que aún le regalaba el pasado— como por el hecho de que Verónica mantenía todo cerrado, puertas, ventanas, temerosa quizás de un inminente ataque de los bárbaros. *Ahí hay leones*, se podía leer en el aire viciado de la casa, como indicaban los antiguos mapas ante lo desconocido. Lo terrible.

Llegar al meollo, hablar del tío Manuel, mencionarlo, citarlo como quien roza adrede una mano ajena (tratando de evitar que su dueño —dueña— lo llegase a notar), era un riesgo que podía hacer que la visita terminara mal. Un riesgo que, para eludirlo, reclamaba tiempo, paciencia y astucia, virtudes que le eran ajenas.

Así que optó por hablar de sí mismo, de lo que hacía y dejaba de hacer, especialmente de esto último ya que se había jubilado. Se hallaba en campo ajeno, campo minado, había un revoltijo allí, un amasijo de cosas, prohibidas las unas, desconocidas las más: como el especialista en desactivar explosivos, cualquier cablecito mal cortado podría provocar una hecatombe.

Claro que el esqueleto hablante que lo estaba atendiendo (y que también lo abrumaba), nada tenía que ver con el deslumbramiento que siempre le había producido. Era más que probable que su abundante monólogo, en el que sobraban trivialidades, no aparecía la menor sombra de sustancia mientras el tío Manuel sobrevolaba por los diversos rincones de la casa.

Al término, armó una historia sobre recuerdos revividos y parientes recordados, que lo llevaron a buscarla para saber qué había sido de ella, qué era de ella, en realidad, en el actual recodo de la existencia de ambos. *De la resistencia*, le dijo ella, tratando de hacer una broma que resultó más bien un mensaje poco feliz, en el sentido de desdichado.

Verónica eludió a Parlez como a la mayor parte de su vida y terminó desembocando en lo que era su hoy: reducida en una casa de las que se consiguen a través de los sindicatos y los aportes gubernativos y, aunque no vivía en la extrema miseria, resultaba un remanente impreciso, sin que persistiera nada de lo que fue espléndido en su vida, perdida en forma definitiva, rodeada de viejos muebles y también de una memoria que se escapaba momento a momento, como una canilla que goteara las veinticuatro horas del día.

Veo muy poco, así que escucho radio. Hablaba por teléfono con algunas amigas, había decidido volver a la religión como quien cumple con un rito social, misa de diez los domingos, obviando confesiones cuanto más podía, y tomando la comunión y hablando de nada con el joven cura del barrio. Cada tanto iba al médico, felizmente no tenía nada grave, salvo una fatiga generalizada y un corazón que debía cuidar. *Aparte de mis pobres piernas...* Un hijo (recordó que había un hijo, asentado lejos, en Neuquén o algo semejante), que cada tanto se hacía un largo viaje para verla y, cada tanto también, mandaba dinero. Compraba a un súper por teléfono, una mujer la asistía en la limpieza de la casa, *y no hay más. El resto*, dijo literal, *literariamente, son cenizas.*

El pesado olor de la casa, el aliento agrio de su dueña, su propio sudor (inesperado, producto del encierro y los nervios irritados), volvía la situación aún más desagradable, lo hacía nadar en una espesa miel.

¿Cómo podía plantear el real motivo de su visita? ¿Qué importancia podía tener el tío Manuel, sus preguntas sin respuestas, sus interrogantes que arrastraba de años, en medio del derrumbe o, al menos, de lo que él sentía como derrumbe?

El tío Manuel del soldadito de plomo, del librito inesperado, del regalo de fin de año, del chocolate y la mano en la cabeza y las preguntas que nadie te hacía sobre la escuela. Y sobre otras cosas que te concernían y que ningún otro preguntaba.

Verónica estaba vieja y sobre eso no había retorno. La melancolía los envolvía en su manto tibio y también desagradable, porque ambos se sabían vulnerables y próximos a la muerte. Pero eso no quería decir que ella no siguiera escamoteando los secretos que pudiera guardar, aun los más nimios. ¿Qué importancia podía tener hablar sobre un pasado del que no quedaban testigos? ¿A quién podía interesarle que esos cadáveres aparecieran desnudos, con todas sus lacras expuestas?

A él no, pero a su prima sí y por eso, porque tenía que haber comprendido que su visita no era sólo de cortesía, comenzó a mostrarse cansada, perdida en sus ensoñaciones, como si estuviera a punto de quedarse dormida.

Aceptó un nuevo té, horrible, que le pidió a su prima buscando un pretexto para permanecer en la casa. Quizás no existiera otra oportunidad, porque estaban viejos y podían morir, seguro que por eso, pero también porque difícil que le quedaran ganas de volver a verla, tan anciana, tan desagradable con su físico derruido, con esa desnudez de cadáver que entrega la senectud.

Aunque no con fuerzas, sino cada tanto, imágenes fugaces, se le presentaba la joven e impetuosa Verónica de cuando era chico y ella era un vendaval que se imponía cuando iba de visita a su casa de pobres y la daba vueltas. Contaba chistes que eran demasiado groseros y vulgares para la época, y hablaba de novios y queridos dando a entender que hacía tiempo que había perdido la virginidad. Y que, además, no tenía el menor interés en ser casta y pura. Exageraba su poder, porque llegaba con auto nuevo a un barrio donde aún pasaban los tranvías y los coches privados eran privilegio reservado solo para muy pocos. A él lo conmovía, aunque ella no tuviese la menor noticia de lo que le pasaba. Ni a su hermano le contó lo que le significaba la prima Verónica.

No era Parlez, ni lo que le contó o sugirió ese pariente accidental quien lo mantenía atornillado al sillón destartalado sino el tío Manuel, el que le estaba obligando a escuchar las mentiras a medias y las verdades al cuarto que pronunciaba su vieja prima, a aguantarse el mal olor de la casa que parecía haberse acrecentado, a aguantarse las ganas de orinar que le estaban doblegando. El tío Manuel. Por qué estuvo y por qué no estuvo después más. Nunca más.

Ocurrió que hubo un momento en que las cosas se volvieron confusas, complicadas en un sentido que nunca terminaron de aclarársele. El tío Manuel llegaba de Rosario, donde desarrollaba algún tipo de trabajo misterioso, sobre el que casi nada decía, con sobreentendidos dirigidos a los mayores y que dejaba a los más chicos en ascuas, incluyéndolo.

El tío Manuel contaba historias que parecían sacadas de los libros y de las películas, pero nunca aclaraba las cosas, como tampoco era preciso respecto del considerable dinero del que disponía, ostentoso en los gastos y en los regalos que hacía.

Tío exactamente de quién y por qué nunca lo supo. Pero era el tío por excelencia, esa fiesta que ocupaba el cuartito infame que debía dejarle Ricardo, y su propia habitación, ya ocupada por él y su hermano, se estrechaba aún más al adicionar una tercera cama, aunque no importaba, todo fuese por las visitas del tío Manuel.

Y de pronto todo pareció volverse sepia, como si no hubiera más luz ni color que el marrón degradado, como si el cielo se hubiese achatado. Dejaron de lado los juegos, se suspendieron las visitas y cuanto ocurría en la casa se volvió cono de sombra: el tío Manuel no volvió más. *Se fue a Mendoza*, o por allá, un traslado, le dijo la madre con los ojos llorosos, después que él insistiera para saber qué había pasado. Tiene muchas obligaciones ahora, pero en cualquier momento nos va a volver a visitar, prometía la madre, hablando entre susurros, tratando de hacerlo dormir, mientras las lágrimas caían por su cara al mismo tiempo que intentaba sonreír.

Después dejaron de verse, la familia fue perdiendo miembros, hubo distanciamientos (los de él con su hermano, irreconciliables hasta que quedó solo y arrepentido por no haber hablado a tiempo).

Verónica jamás le contaría los secretos de su propia vida y, además, carecía de sentido que lo hiciera. No había ido para pedirle que rindiera examen. No estaba ahí para que le contara sus misterios personales. Estaba ahí por lo que no supo o no entendió en su momento. Tanto por lo que pudiera haber ocurrido con el tío Manuel como por la muerte inesperada del padre, por las preguntas que su madre nunca le respondió, salvo con evasivas.

Como cuando hay golpe de Estado en un país sacudido por la intolerancia y se impone el silencio de radio y únicamente queda lugar para los murmullos, en la casa dejaron de hablar.

Tampoco los primos hablaban, tantos años más tarde. El olor se acentuó, también su cansancio, la inutilidad del encuentro, la persistencia de Verónica en no decir nada consistente.

Él hizo un gesto involuntario y dijo algo impreciso, si le preguntaran qué no hubiera sabido particularizar, pero Verónica esta vez no pudo contenerse: *Es inútil* —dijo— *sos el tío Manuel hasta el último detalle.*

La opacidad ha crecido y cubre los espacios. Quizás nunca desaparezca.

No toques las tumbas, no las abras. No escarbes en los huesos. Tendrás sorpresas amargas, diría la adivina, y sin necesidad de leer las manos.

Se siente anonadado y sabe que seguirá así el tiempo que se conserve vivo. A nadie dirá nada, porque no queda a nadie a quién contar. Y además jamás volverá a ver a su prima. Porque cuando ella dijo *sos el tío Manuel hasta el último detalle,* en forma instantánea volvió a preguntarse si su prima no estaba, en efecto, loca o senil.

Y, al mismo tiempo, como quien destapa un velo, comprendió que al fin se le abría la puerta prohibida.

Me doy cuenta —dijo Verónica— *de que aún hoy no tenés la menor idea.*

Jamás fue hermano, jamás fue hijo, jamás asistió a la muerte de su padre, jamás supo sobre su lejano tío. Jamás Manuel fue a vivir a Mendoza.

Cuanto no se lo contaron cuando chico (opaco, opaco), estaba ahí, en las palabras incontenibles de la prima, el Aleph familiar, *vi el populoso mar, vi el alba y la tarde, vi las muchedumbres de América*, los silencios de casa, el cambio de clima, el fin de las visitas de Verónica y de varias visitas más, eso que no se contaba, tu padre murió, el tío viajó, un cambio súbito, miradas que quedaban a medio camino, conversaciones interrumpidas de manera abrupta.

Alguna vez, en una de esas peleas estúpidas propias de los adolescentes, su hermano puso en dudas de que, en efecto, la hermandad los uniera. Varias veces más lo molestó con ello, pero jamás fue explícito, y él, por su parte, lo atribuyó al sarcasmo propio de Javier, pero no a otra cosa. Después discutieron. Después dejaron de hablarse. Después se enteró de que se había quedado solo. Ya sus padres estaban muertos y los parientes comenzaron a escasear por todos lados. También la tía Yoli, penúltimo eslabón, se fue en silencio a su tumba.

Sin embargo, quedaba ese fantasma, Verónica, quien contó lo obvio: al saberse traicionado, tardíamente, como se saben las cosas, por el tío Manuel, este fue expulsado de la casa por el padre. *Nunca más*, sentenció y la relación entre su padre y su madre se cortó de cuajo (no recordaba nada de eso, le dijo, aunque tenía lejana conciencia de la tensión reinante en su casa).

Tu padre no murió cuando los llevaron al campo. Él buscó a Manuel, lo mató, se entregó y murió en la cárcel.

Nunca más se habló de él en la casa. Nunca le dijeron nada sus maestros, aunque debió cambiar de escuela cuando se mudaron de la vieja casa.

Abruptamente.

Fueron más pobres, fueron infelices.
En la cárcel tu padre duró muy poco.

Y no había más, porque no podía haber más.

En el regreso recordaba la voz de Manuel. La caricia, las preguntas mínimas. El toque rápido en su cabeza, que en ese mismo momento estaba volviendo a sentir.

Ese íntimo secreto, al fin comprendido.

Recordaba hechos, imprecisos, huidizos, fotografías pálidas y desleídas.

La pobreza extrema y última de la familia, el hedor de los cadáveres insepultos.

El hedor de la vida.

"Golpes en la puerta" fue publicado en 2006 en el libro de cuentos *Ella cuenta sobre el mar* con el título "La aceptación", base del episodio del mismo nombre de la película Ciudad de sombras (Santa Fe, Argentina, 2010), dirigido por Mario Cuello.

Los cuentos que integran "Tríptico de Verónica" ("Sentís que te vas a morir", "La muerte del abogado" y "En un mundo opaco") y el texto "La mirada de Juan Prado", se publicaron por primera vez en *Tríptico de Verónica y otros cuentos*, Editorial de la Universidad Nacional del Litoral, Santa Fe, Argentina, 2017.

Índice

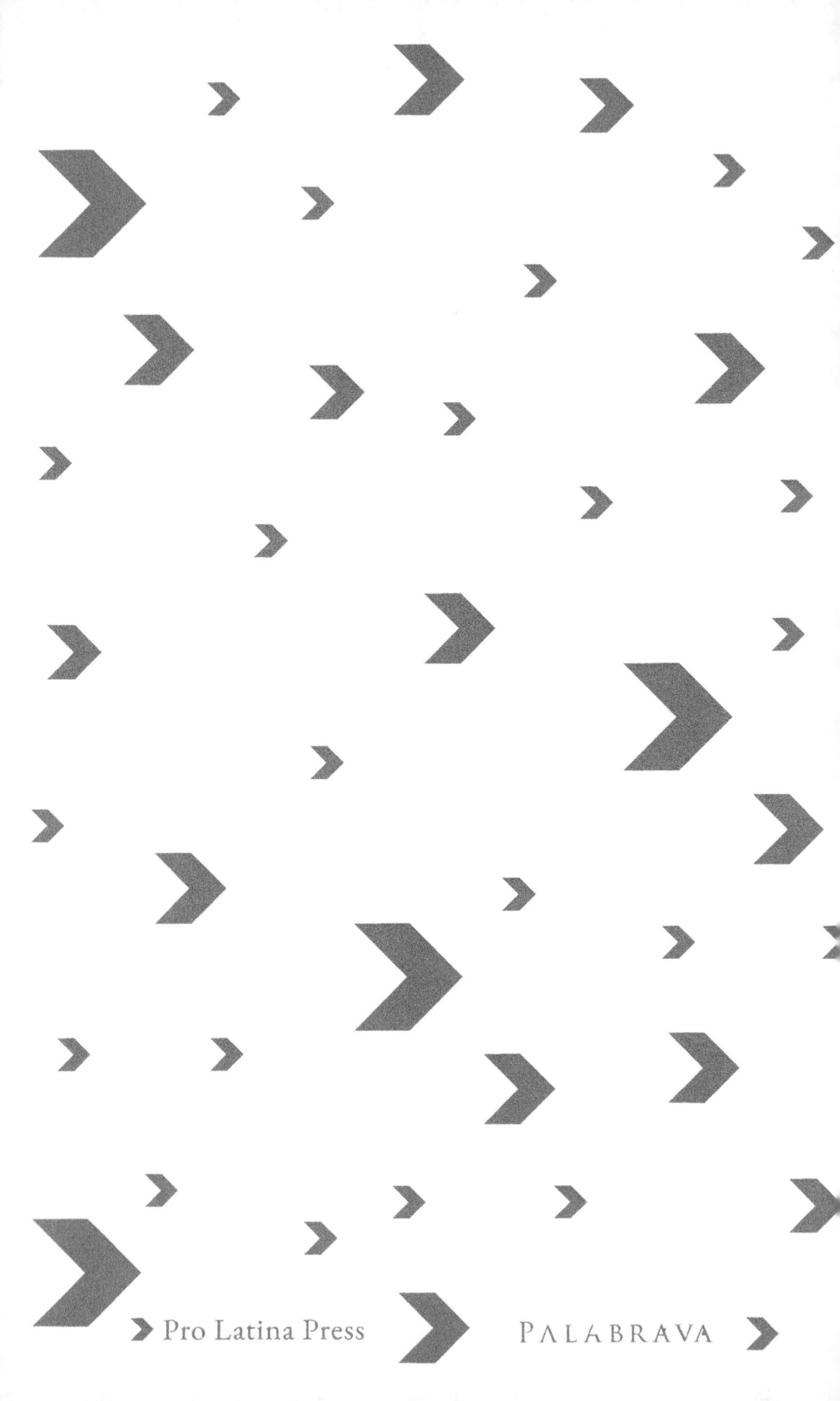
Pro Latina Press
PALABRAVA

www.ingramcontent.com/pod-product-compliance
Lightning Source LLC
Chambersburg PA
CBHW061220210726

48294CB00006B/1920